初恋タイムリミット

ドッキリ！　キャンプでひんやり大作戦！

やまもとふみ／作
那流／絵

POPLAR
KIMINOVEL

story
あらすじ

わたし、上野真帆《うえのまほ》。
小6だよ。

15年後の大災害《だいさいがい》を
止めるため、初恋《はつこい》の男の子・
彩都《あやと》くんといっしょに、
地球温暖化《ちきゅうおんだんか》を
防《ふせ》ごうとしてるんだ。

幼《おさな》なじみの
ショーゴと
キリコちゃんも
協力《きょうりょく》してくれてるよ!

今年の夏は、みんなで
キャンプへ！
エアコンを切って、
森で涼《すず》しく
すごすんだ～！
でもその夜、
まさかのドッキリが！
彩都《あやと》くんと
急接近《きゅうせっきん》!?
ショーゴの好きな人って、
もしかして!?
つづきは小説《しょうせつ》を
読んでね★

登場人物
character

日比谷彩都《ひびやあやと》

頭がよくてクール。
学年でいちばん
カッコいいと言われている。

上野真帆《うえのまほ》

小6。思っていることが、
顔《かお》口に出ちゃうタイプ。
彩都《あやと》くんが好《す》き。

大《おお》崎《さき》省《しょう》吾《ご》

真《ま》帆《ほ》の幼《おさな》なじみ。
クラスで一番背《せ》が高い。
なぜか、真《ま》帆《ほ》にだけいじわる!

四《よ》ツ《つ》谷《たに》桐《きり》子《こ》

真《ま》帆《ほ》の友だち。
賢《かしこ》くてかわいい
みんなのお姉さん。

登場人物

目《め》黒《ぐろ》海《うみ》

海辺に住む、
自称《じしょう》科《か》学者《がくしゃ》。
柴《しば》犬《いぬ》・シノノメを
飼《か》っている。

巣《す》鴨《がも》公《こう》平《へい》

校長先生。未来《みらい》守《まも》り隊《たい》の顧問《こもん》で、
真《ま》帆《ほ》たちのよきアドバイザー。

渋《しぶ》谷《や》桜《おう》大《た》

クラスの不《ふ》良《りょう》。彩《あや》都《と》とは
友だちだったはずだけど……。

もくじ contents

1 腐《くさ》れ縁《えん》のふたり

青い空。白い雲。そして。

「けっこう茂《しげ》ってきたな!!」

ショーゴ――**大崎省吾《おおさきしょうご》**がニコニコとした顔で言った。

ショーゴってのはわたし、**上野真帆《うえのまほ》**の幼《おさな》なじみ。いや、むしろ幼稚園《ようちえん》からクラスがずっといっしょっていう**腐《くさ》れ縁《えん》**の男子だ。

ショーゴが見てニコニコしているのは、サツマイモの葉っぱだった。

このあいだ、**未来守《みらいまも》り隊《たい》**の活動で植えたお芋《いも》の苗《なえ》はうまく土に根を張《は》ったみたいで、葉っぱがだいぶふえていた。

未来守《みらいまも》り隊《たい》ってなに？　って思ったそこの子！

えっへん。説明《せつめい》します！

地球温暖化《ちきゅうおんだんか》って知ってるかな。夏がすっごく暑かったりするだけじゃなくって、温暖化《おんだんか》

によって、世界中でさまざまな災害《さいがい》が起こっているみたいなんだ。

例《たと》えば水害《すいがい》。

これって、暑さで海の水が蒸発《じょうはつ》して、雨雲がたくさん発生しちゃうから起きてるんじゃないかって言われてるんだ。

だからわたし、温暖化《おんだんか》を止めないとって思ってる……んだけど。

実は、地球のためっていうより、もっと身近な理由からなんだ。

わたしは、チラと屋上にいるもうひとりの男子を見た。

日比谷《ひびや》彩都《あやと》くん。

学年一番ってくらいにかっこよくって、頭がよくって、そしてやさしい男の子。

わたしの**片思《かたおも》いの相手**なんだけど、わたし、夢《ゆめ》で見たんだ。

15年後の結婚式《けっこんしき》、彩都《あやと》くんが土砂災害《どしゃさいがい》で流されてしまう未来《みらい》を。

彩都《あやと》くんを助けたい。

だからこそ、必死《ひっし》で活動をしているところなんだよね。（くわしくは1巻《かん》と2巻《かん》を読んでね！）

って……ああああ、**結婚式《けっこんしき》**といえば!!

思いだしちゃった!!

わたし、なんでかわからないんだけど、夢《ゆめ》でお嫁《よめ》さん――彩都《あやと》くんの結婚相手《けっこんあいて》のお姉さんの体に入っちゃってたんだよね。

そこからの光景《こうけい》が映画《えいが》みたいに見えちゃってるっていうか。

だから……結婚式《けっこんしき》が進むにつれて、一大イベントが発生しちゃったんだ……!

それは、チ、近いの、鱚《きす》!!!

あ、動揺《どうよう》しすぎて、いろいろまちがっちゃったよ!?

近い遠いじゃなくって誓《ちか》いの、**お魚じゃないほうのキス!!**

その直前で、ショーゴに邪魔《じゃま》されちゃったことも思いだしちゃった!!

ショーゴめ!　と思いつつも、実際《じっさい》キスをされるのはわたしではなくお姉さんであって。

だとすると邪魔《じゃま》してくれてありがとうなの?

ううん、フクザツ!!!

眉間《みけん》にシワをよせてショーゴを見ていると、そのショーゴが「なにガン飛《と》ばしてんだよ！」とちょっと顔を赤くした。

だけど、ショーゴはすぐに言った。

「あ、——そういや真帆《まほ》。夏休みに**キャンプ**行かねえ？」

え、突然《とつぜん》なに？

「は？　なんで？」

「なんでって……えっと、おれの父ちゃんが、真帆《まほ》も誘《さそ》えって言うから……」

ちょっとモジモジとショーゴが言う。うわ、なんかショーゴらしくない！　きもい！

「えー、ショーゴとは行きたくない〜」

思わず塩対応《しおたいおう》してしまうのは、ショーゴがわたしにいじわるばっかりしてくるから！

「なんでだよ」

ショーゴはムッとした。

「ショーゴはいじわるだから！　いつもわたしのこと**アホ**とか**犬**とかディスるし！」

プイッと顔をそむける。

「実際《じっさい》、**アホで犬**なんだからしょーがねえだろ」

ショーゴも声をけわしくした。

険悪《けんあく》な雰囲気《ふんいき》が広がって、しん、と屋上が静《しず》まりかえる。

「………」

そこでわたしは**おや？**　と首をかしげた。

いつもならここで、『**はいはい、そこまで～**』ってストップが入るんだけど。

「……キリコちゃん、まだ給食《きゅうしょく》食べてるのかな？」

いつもわたしとショーゴのケンカを止めてくれるのは、**キリコちゃん**だ。

「今日は鶏《とり》レバーだったからね……苦手な子、けっこういたし」

わたしとショーゴのケンカを静《しず》かに見守っていた彩都《あやと》くんが、ため息をつきながら言った。

ショーゴを見る目はどことなく不機嫌《ふきげん》そうで、ちょっと申《もう》し訳《わけ》なくなる。

ああ、ケンカ、止めるのもめんどうくさいよね……。

でも、キリコちゃんがいないから。

キリコちゃん、実は好《す》き嫌《きら》い多いんだよね。

給食《きゅうしょく》が食べられなくって、よく教室に居残《いのこ》りになってる。

っていうのも、担任《たんにん》の**高輪先生《たかなわせんせい》**が、『**給食《きゅうしょく》は残《のこ》さず食べましょう！**』って方針《ほうしん》だから！

成長期《せいちょうき》のわたしたちにはたくさんの栄養《えいよう》が必要《ひつよう》で、給食《きゅうしょく》は給食《きゅうしょく》の先生がよく考えて作ってくれてるから。

だから、少なくするのはOK《オーケー》なんだけど、すべてのおかずをバランスよく食べてほしいんだって！

時間内に全部食べられない子は、昼休みも残《のこ》って給食《きゅうしょく》を食べてるんだけど、キリコちゃんは、時間をかけてもどうしても食べられないみたいなんだよねえ。

食べるより、昼休みを犠牲《ぎせい》にしたほうがマシだって思ってるみたいなんだ。

昼休み、机《つくえ》の上に給食《きゅうしょく》のトレイを置《お》いたまま、キリッと涼《すず》しい顔で待っているところ、何度も見た。

わたしは好《す》き嫌《きら》いないから、わかんないんだけど……、つらいことをするのは嫌《いや》だよねえ。

「なんとかならないのかなあ」

高輪先生《たかなわせんせい》のことは好《す》きだけど、このときだけは鬼《おに》に見えちゃうし、キリコちゃんとの対

立は見ていてハラハラしちゃうんだよぉ……。

彩都《あやと》くんは肩《かた》をすくめた。

「まあ、**食品ロス**の問題もあるしね」

「食品ロス？」

わたしが首をかしげると、彩都《あやと》くんがあきれたように言った。

「真帆《まほ》、また先生の話聞いてなかった？」

「**ちゃ、ちゃんと聞いてましたぁ！**」

疑《うたが》いのまなざしが痛《いた》い！　痛《いた》いです！

へへへ、と引きつった笑《わら》いでごまかすと、彩都《あやと》くんはため息をひとつ。

「これは地球温暖化《ちきゅうおんだんか》を防止《ぼうし》するためにも重要《じゅうよう》な取りくみなんだけど――」

と説明《せつめい》をしてくれた。**わーい、やさしい!!**

「食品ロスってのは、まだ食べられるはずの食べ物が捨《す》てられてしまうこと。日本では年間500万トンくらい――1日だと、**ひとりあたりお茶碗《ちゃわん》1杯《ぱい》ぶん**の食べ物が捨《す》てられてるって聞いたことがある」

「え、そんなに？　もったいない」

「給食《きゅうしょく》も残《のこ》したら、廃棄《はいき》になる。廃棄《はいき》として燃《も》やされたら、**二酸化炭素《にさんかたんそ》が出て温暖化《おんだんか》が加速《かそく》する**。だからってのもあると思うけど……食べられないものを食べないといけないのはきついよね」

わたしはうなずいた。

「うん……」

もったいないってのはすごくわかる。だけど……。

キリコちゃんがつらいのは嫌《いや》だなあ、なんとかならないかなあってぼんやり思っていると、

「**渋谷《しぶや》**に食ってもらえばいいんだよ。あいつなんでもめっちゃ食うだろ。鶏《とり》レバーでも3

回おかわりしてた。嫌《きら》いなものねーんだろな」

ショーゴが言う。

あ、そういえば。

渋谷《しぶや》くん――彩都《あやと》くんの友だち（って言っていいのかなあ……ってくらい今は仲《なか》が悪いんだけど）、めっちゃ食べてたなって思いだす。

好《す》き嫌《きら》いがないのはえらいって思う。

ショーゴもそんなになくってよく食べる。でも甘《あま》すぎるものは気持ち悪くなるって言って、ケーキとかは苦手なんだよね。でもケーキだと、もらい手はたくさんいるから苦労《くろう》はしてない。

彩都《あやと》くんは……どうなんだろ。

好《す》き嫌《きら》いなさそうだけど。だって彩都《あやと》くんっていろいろカンペキだから!!

そんなことを考えて見つめていると、彩都《あやと》くんが気まずそうに目をそらした。

おや？

「渋谷《しぶや》は食うだけ食って、当番はすっぽかしてるけどな……**やる気ゼロ**だろ」

ショーゴがぐちぐち文句《もんく》を言ったのでそちらを見ると、ショーゴはジョウロでサツマイモに水をあげている。

当番っていうのは、**水やりの当番**だ。

毎日お水をあげないとサツマイモが枯《か》れちゃうから。そしたら屋上が冷《ひ》えなくなって、エアコンの使用量《しようりょう》が増《ふ》えて、温暖化《おんだんか》が進んじゃう。

「あいつに期待してもしょうがない」

彩都《あやと》くんの声は冷《つめ》たく、なんだかあきらめがにじんでいた。

だよね。

無理《むり》してやってもらうのはちがうから。

しょうがないんだろうな。

そう思いながらも、これで本当にいいのかな？　という考えが頭のすみっこに残《のこ》ってしまう。

ふと彩都《あやと》くんの足元を見るとさらに透《す》けているような気がして、わたしは目をこすった。

「……彩都《あやと》くん」

「どうした？」

「なんだか、**前より透《す》けてる**ような、気がして……気のせいかな」

「うーん……誤差《ごさ》の範囲《はんい》？　だといいんだけど」

彩都《あやと》くんはわたしの足を見下ろしてうなった。

15年後の未来《みらい》を見たあと、時々《ときどき》**おたがいの体が透《す》けて見える**ようになったんだ。といっても、他の人には透《す》けてることはわからなくって。

そして、わたしと彩都《あやと》くんの足は長い間透《す》けている。慣《な》れもあって、深刻《しんこく》になるほどの透《す》け具合ではないような気もした。

でも、完全《かんぜん》にもとに戻《もど》らないことで、なにかがまちがっているような気がして、すごく気持ち悪いんだ……。

わたしは、なにげなく腕時計《うでどけい》を見る。

あ、この時計も、最初《さいしょ》に結婚式《けっこんしき》の夢《ゆめ》を見たあと、わたしと彩都《あやと》くんの腕《うで》にはめられていたんだ。彩都《あやと》くんとわたしにしか見えないんだけどね。

……って、え!? いつもは光ってる時計の画面が真っ暗だよ!?

「彩都《あやと》、くん！」

声をかけると、彩都《あやと》くんがハッとしたように時計を見た。

息をのんで見つめるわたしたちの前で、時計が再起動《さいきどう》をする。

『アップデート完了《かんりょう》。機能《きのう》の更新《こうしん》、および目標値《もくひょうち》の再設定《さいせってい》を行いました。次は14時50分です。さあ、目標《もくひょう》に向かってがんばってください〜！』

ちょっととぼけたような声とともに、ふたたび立ちあがった時計の画面は、色が変《か》わっていた。

前回の目標値《もくひょうち》の14:36をクリアしたあと、時計の画面は緑色になっていたのに、今見たら色が黄色にもどっていたんだ。

あ、この数値《すうち》っていうのは、15年後、災害《さいがい》が発生する日時。

そして、どうやら色は、目標値《もくひょうち》から遠ざかると**赤**、目標値《もくひょうち》に近づくと**黄色**になっていって、達成《たっせい》すると**緑**になる……っぽい。

表示《ひょうじ》を見ていると、14:50という数値《すうち》が点滅《てんめつ》したあと、14:36にもどる。

え、なに!?

びっくりして触《ふ》れようとするけれど、やっぱり触《ふ》れることはできなくて指はすりぬけた。

でも触《ふ》れようとしたとたんに、数値《すうち》が『目《もく》

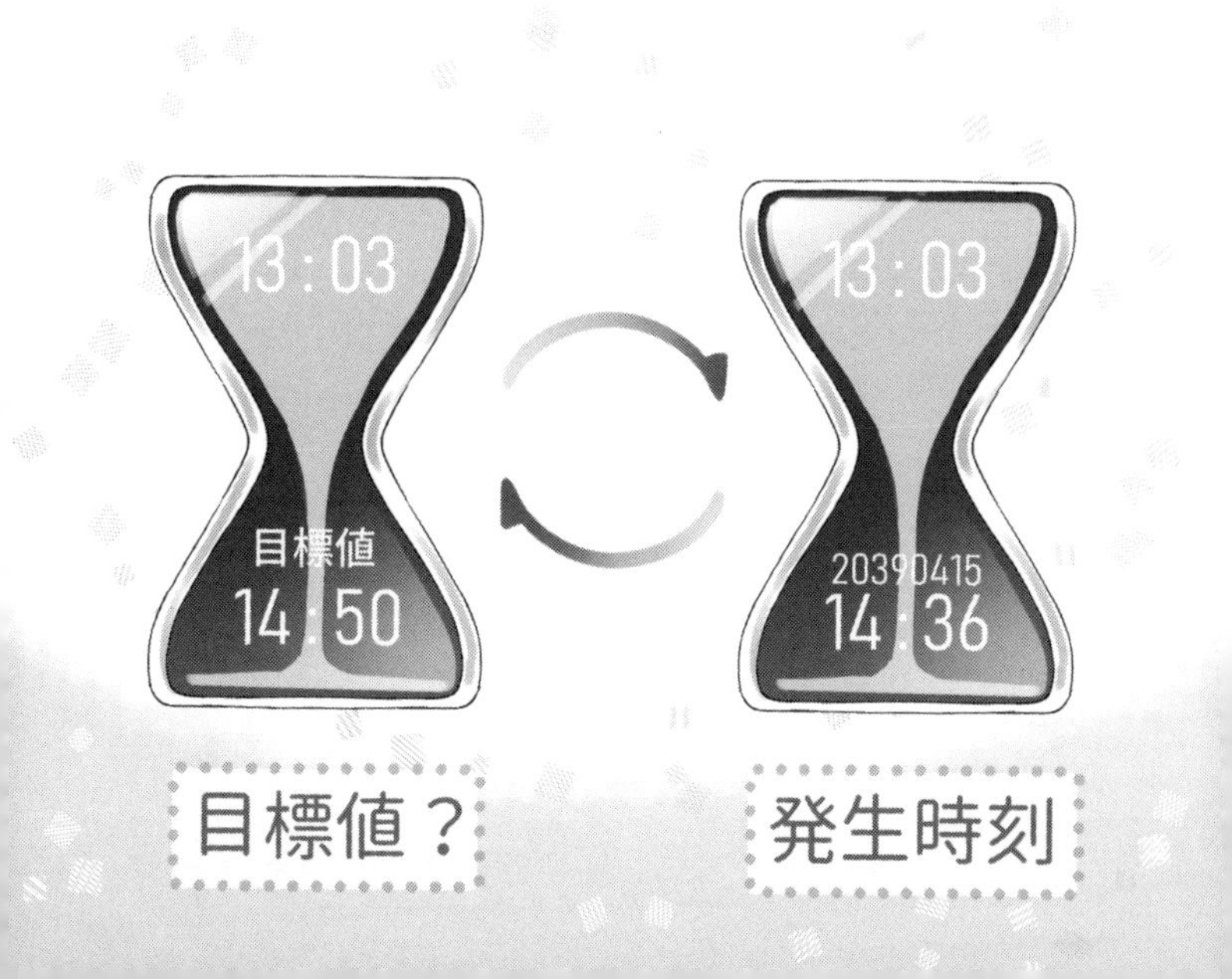

標値《ひょうち》14:50』と変化《へんか》したんだ。

なんだか、時計の画面、変《か》わらなかった？

「機能《きのう》の更新《こうしん》って言ってたけど……たしかに目標値《もくひょうち》だけじゃなくて、時計の機能《きのう》もアップデートされてる。**災害発生時刻**《さいがいはっせいじこく》と**目標値**《もくひょうち》が切りかえられるようになってるな」

彩都《あやと》くんがつぶやき、むずかしそうな顔で腕時計《うでどけい》を観察《かんさつ》している。

「どーしたんだ、ふたりとも」

ショーゴが不可解《ふかかい》そうな顔でよってきたかと思うと、わたしと彩都《あやと》くんにたずねた。

「時計の、目標値《もくひょうち》がリセットされたんだ」

「目標値《もくひょうち》がリセット？」

時計が見えないショーゴはふしぎそうな顔。

「目標値《もくひょうち》が14:50になったんだけど……。この前、5分遅《おく》らせるのもけっこう大変《たいへん》だったし、また、なにか新しいことを始めないとダメだな」

「もっと活動の規模《きぼ》を大きくするとか？　他の学校の子に声かけてみるとか」

わたしはアイディアを出す。

「だとすると、今のままじゃちょっときびしいかも。まず活動を知ってもらうのがむずかしいし……」

「チラシ配るのは？」

「うーん、それより、**Web**《ウェブ》**サイト**とか作るのがいいかも？」

「ええ、彩都《あやと》くんってＷｅｂ《ウェブ》サイトとか、作れるの!?」

「けっこう簡単《かんたん》にできるよ」

「すごい！」

かっこいいいいいい!!!

すごいよね！！！　とわたしはショーゴに同意を求《もと》める。

けれど、ショーゴは「ふーん？」とあんまり興味《きょうみ》がわかない様子。

あれえ？　なんかテンション低《ひく》いな……。

でも、しょうがない、か。

同じように必死《ひっし》にはなれないと思う。

だってショーゴは、時計をしていないし。15年後の夢《ゆめ》も見てないし！

２０３９年４月15日14時36分。

15年後、時計の示《しめ》すこの日時に、災害《さいがい》が起きる。

そして彩都《あやと》くんが流されちゃう。

考えただけで、ショックで心が折《お》れてしまいそう。

なにをしてもムダなんじゃないかって思っちゃいそうだ。

でも、そんなこと思わないようにしないと！

だって、今までも未来《みらい》は変《か》えられた!!

だよね？

思わず彩都《あやと》くんを見ると、彩都《あやと》くんはショーゴをじっと見ていた。

「未来《みらい》は変《か》えられる……。けど、変《か》えるための行動が、変《か》えたくないことも変《か》えてしまうかもしれない……」

ん？　変《か》えたくないこと？

あ、そっか。

わたしは思いだした。

『この結婚《けっこん》、ちょっと待ったあああ！！！』

前回の夢《ゆめ》の中で、彩都《あやと》くんの結婚式《けっこんしき》に邪魔《じゃま》が入ってしまったこと。

わたしはハッとした。

あ、あれ？　そういえばショーゴ、結婚式《けっこんしき》を邪魔《じゃま》したってことは……つ、つまり、**あの**
お姉さんが好《す》きだったってことだよね⁉

思わずショーゴを見ると、わたしは聞いた。

「え、ショーゴって好《す》きな人いるの⁉」

「**はあああああ!???**」

ショーゴはギョッとした顔になり、すぐさま真っ赤になった。

それを見たわたしは、ふとあることに思いあたった。

っていうか、あれ？

ショーゴが好《す》きな人があのお姉さんってことだったら、そこから彩都《あやと》くんの結婚相手《けっこんあいて》も
わかっちゃうってことじゃない！？？

それは嫌《いや》だアアアア!!!　反射的《はんしゃてき》に聞いちゃったけど、知りたくない〜〜！！！

と思ってあわあわしていると、ショーゴが口を開き、わたしは失恋《しつれん》（第2弾《だん》）にそなえる。

「い、いねえし！！！　ってか、いきなりなんなんだよ！？？」

なあんだ……。

ものすごくほっとしつつ、わたしは考えこんだ。

ってことは、今のショーゴにあれこれ聞いてもしょうがないか。

っていうか、そもそも部外者であるわたしがそのことについて口出しするのも変《へん》、なんだよねえ……。

だって邪魔《じゃま》されたのは**彩都《あやと》くんとあのお姉さん**なわけだから。

わたしとしては、彩都《あやと》くんが助かればそれでいいって思ってるけど、彩都《あやと》くんからしてみると、ダメだよね……。

ショーゴに結婚式《けっこんしき》、ぶち壊《こわ》されちゃうかもしれないんだもん。

って考えてると、急に胸《むね》がぎゅうっと痛《いた》くなってきた。

活動を続《つづ》けて、温暖化《おんだんか》を防《ふせ》いで、彩都《あやと》くんを助けたとして。

彩都《あやと》くんはきっと、あのお姉さんと幸せになる。わたしはそれを祝福《しゅくふく》するしかできないんだ。

ああもう。

そのことは考えないようにしてるのに!!

彩都《あやと》くんが助かればいい。幸せになれればいい。それだけでいいじゃん！

うん、それだけで十分だよ！

自分に言いきかせていると、

「真帆《まほ》、どうした？　さっきから百面相《ひゃくめんそう》してるけど相当**ヤバい顔**になってる。福笑《ふくわら》いかよ」

しっつれいな！！！

思わずショーゴにむかって手をふりあげると、ショーゴはひらりとよけた。

わーん！　よけられた！

わたしの手は空を切り、バランスをくずす。

わっ！　ころぶ！

あせっていると、彩都《あやと》くんがわたしの腕《うで》をつかんで、転ぶのを防《ふせ》いでくれた。

うわあ！　やっぱりやさしい！

と思っていると、彩都《あやと》くんが「あつっ」と小さく声をあげた。

え？

見ると、わたしを支《ささ》えたことでバランスをくずした彩都《あやと》くんはエアコンの室外機《しつがいき》に手をついていた。

え、熱《あつ》いの!?

「大丈夫《だいじょうぶ》!?」

「大丈夫《だいじょうぶ》。でもすごいな。これだけ熱《あつ》いと目玉焼《めだまや》きくらい作れそう」

彩都《あやと》くんは涼《すず》しい顔でそう言ったけど、わたしはあわててしまう。

だって、そんなに熱《あつ》いとかまずくない!?　**やけどしてたらどうしよう！**

青くなっていると、

「おれ、水汲《く》んでくる！」

ショーゴは責任《せきにん》を感じたのか、バケツを手にとった。

「平気だよ」

彩都《あやと》くんは引きとめるけど、ショーゴはふりかえらずにかけていった。

「あいつ、いいやつだよな」

それを見送りながら、彩都《あやと》くんはつぶやいた。

わたしはうなずく。

わたしも、ショーゴは基本的《きほんてき》にはいいやつだと思う。

「わたしに対してだけいじわるだけどね……さっきも**ヤバい顔**とか、福笑《ふくわら》いとかひどい！」

「真帆《まほ》、それってさ……………」

彩都《あやと》くんはなにか言いかけたけど、結局《けっきょく》は口をつぐんだ。

ん？ どうしたんだろ。

「水！」

ショーゴがバケツに水を汲《く》んできた。

そして彩都《あやと》くんの手をつかんでバケツにつっこむ。

「しばらくそうしてろ」

「ありがと」

彩都《あやと》くんは素直《すなお》にお礼を言うと、ショーゴはちょっと気はずかしそうにそっぽをむいた。

「にしても、なんでこんなに熱《あつ》いの、これ」

ショーゴがツンツンと室外機《しつがいき》を指先で触《さわ》る。

「日向《ひなた》にあるんだからしょうがないよ」

わたしが言うと、

「……そういえば」

彩都《あやと》くんが少し考えこんだあとに口を開いた。

「エアコンの室外機《しつがいき》を日陰《ひかげ》に置《お》くことで、**冷《れい》房効率《ぼうこうりつ》が上がる**って聞いたことがあるけど」

「え、そうなの？」

彩都《あやと》くんはうなずく。

「熱《ねつ》は、高いほうから低《ひく》いほうへと流れる性質《せいしつ》がある。外気との温度差《おんどさ》があまりなかったら、熱《ねつ》の移動《いどう》が鈍《にぶ》くなって、室内の熱《ねつ》を逃《に》がしにくくなるんだ。**急な坂道のほうがボールが転がりやすい**って言ったらわかる？」

うん、わかんない！

わたしは顔をひきつらせる。

「……よくわかんねーけど……とにかく**室外機《しつがいき》が熱《あつ》いとダメ**ってことだな？」

ショーゴもわかんないみたい。でも、首をかしげつつもうなずいた。

「つまり、日陰《ひかげ》に置《お》けばいいってこと？」

わたしが口をはさむ。

「って、どうやってだよ。重くて動かせないし、そもそも床《ゆか》に固定《こてい》されてるじゃん」

ショーゴがあきれるけど、彩都《あやと》くんは「いいアイディアかも」とつぶやいた。

「日陰《ひかげ》に置《お》けないなら、日陰《ひかげ》を作ればいいんだよ」

な、なるほど……**って、どうやって!?**

「これ」

彩都《あやと》くんは指をさす。そこにはサツマイモの葉っぱがいっぱい。

「あ、そっか」

「葉っぱをこっちまで引っぱってくるってこと？」

「それだと屋上が覆《おお》えなくなっちゃうから、**新しく植える**のはどうかな」

「新しく？　今から？」

今から植えて間に合うのかなあ？

わたしはサツマイモを見る。

「成長《せいちょう》が早い植物があるかもしれないし、調べてみようか」

彩都《あやと》くんは時計を見る。つられて見ると、昼休みが終わるまであと15分。あ、この時計、ふつうの時計みたいに今の時刻《じこく》も見れるんだ。

「今から**図書室**に行ってみよう」

提案《ていあん》にわたしとショーゴはうなずいた。

3 グリーンカーテンの作り方

実はわたし、学校の図書館には、図書の時間以外《いがい》ほとんど行ったことがなかった。そしてマンガばっかり読んでるショーゴも。

彩都《あやと》くんは常連《じょうれん》だからなのか、勝手を知った感じですぐに本を選《えら》びにいく。

わたしも真似《まね》しようとしたけど、どこになんの本があるのかさっぱりだった。

ぼうぜんとつっ立っていると、

「上野《うえの》さんと大崎《おおさき》くんも、今日はどうしたの？」

司書《ししょ》の先生が話しかけてきた。

なんとなく物めずらしそうな視線《しせん》にも負けずに、わたしは勢《いきお》いで質問《しつもん》する。

「あの、植物の本とかありますか？」

「植物!?」

先生はびっくりした顔のまま、植物についての本を数冊《すうさつ》持ってきてくれる。

「図鑑《ずかん》……？」

うーん、これでわかるかな？

わたしが首をかしげていると、

「グリーンカーテンの作り方とかありますか？」

本を数冊《すうさつ》選《えら》んでもどってきた彩都《あやと》くんがたずねる。

え、グリーンカーテン？

さすがに常連《じょうれん》の彩都《あやと》くんには、司書《ししょ》の先生はふつうにうなずいて、別《べつ》の本、ガーデニングの本を持ってきてくれた。

「サツマイモで屋上緑化《おくじょうりょっか》やったときに調べたけど、葉っぱで作ったカーテンを**グリーンカーテン**っていうんだ」

前に作ったときに、ついでに図書館で少し調べてたんだけど、と彩都《あやと》くんは言った。

彩都《あやと》くん、すごい。**さすがすぎる！**

「うーん、今の時期からだと……」

ちょっと気まずそうにした彩都《あやと》くんがパラパラと本をめくったあと、とあるページを見せてくれた。

そこには、植えつけ時期と収穫時期《しゅうかくじき》が表になって載《の》っていた。

「今が6月の初《はじ》めだから、ギリギリ間に合うかってくらいかな」

表を見ると確《たし》かに植えつけが**4月～5月下旬《げじゅん》**と書いてある。

「え、もう過《す》ぎてるよ！」

あせっていると、

「これは種《たね》から植えてるものだから、苗《なえ》を植えたらまだ間に合うかも」

彩都《あやと》くんはその本を持ってカウンターにむかう。そして関連《かんれん》の本を5冊《さつ》借りた。

そしてわたしたちをふりむき、言った。

「放課後《ほうかご》、**会議《かいぎ》**をしよう」

わたしは力一杯《ちからいっぱい》うなずく。

わーい！　未来守《みらいまも》り隊《たい》、出動だ！

そして放課後《ほうかご》になると、キリコちゃんが合流して話しあいが行われることになった。

みんなで部室に集まると、

「昼休みは参加《さんか》できなくってごめんねえ」

キリコちゃんはそうあやまったあと、

「給食《きゅうしょく》とかなくなればいいのに」

ぽつり、文句《もんく》を言った。

いつもニコニコしてるキリコちゃんにしては、つらそうな顔。大丈夫《だいじょうぶ》かなって心配になった。

「でも、なんでも食べないと大きくなれないぞ〜」

ショーゴが先生っぽく言うと、キリコちゃんはムッとした顔で言いかえす。

「十分大きいし。むしろこれ以上《いじょう》伸《の》びなくてもいいよ……」

確《たし》かに。

わたしはうなずく。キリコちゃんは学年の中でも背《せ》が高いほうだ。

ちなみにわたしは前から数えたほうが早い。

「給食関係《きゅうしょくかんけい》ないと思うけどな〜。だって、わたしたくさん食べてるけど小さいし」

先生には悪いけど、わたしはキリコちゃんの味方だ！

キリコちゃんがうなずいた。

「そうだよ。クラスで一番食べる人も……」

キリコちゃんはそこでちらりと彩都《あやと》くんを見た。

「渋谷《しぶや》か」

彩都《あやと》くんが答えると、キリコちゃんは力強く言った。

「渋谷《しぶや》くんはあれだけ食べてても、そんなに大きくないよ」

「確《たし》かにね」

「関係《かんけい》ないと思う。身長はたぶん、遺伝《いでん》だもん。理不尽《りふじん》だから食べない」

やれやれとショーゴが肩《かた》をすくめる。

「四ツ谷《よったに》は昔からそこだけは絶対《ぜったい》ゆずらないよな」

そうなんだよねえ。

1年生のときからずっとだもん。

好《す》き嫌《きら》いさえなかったらきっと、**カンペキな優等生《ゆうとうせい》だ**って言われると思う。

「そろそろ話を進めようか」

彩都《あやと》くんが言って、キリコちゃんはいつも通りのニコニコした表情《ひょうじょう》にもどった。

「ゴーヤ植えるの、賛成《さんせい》。でも土と苗《なえ》とあと支柱《しちゅう》がいるみたいだよね」

本をのぞきこんで言った。

キリコちゃん、切りかえはやーい！　**さすがだ!!**

「この写真みたいに室外機《しつがいき》のまわりに置《お》くとして、土の袋《ふくろ》が3つくらい？　苗《なえ》が3つで、それから支柱《しちゅう》が5本、園芸用《えんげいよう》ネットがいるくらいかな」

写真を見ながら彩都《あやと》くんが言った。

その隣《となり》で、キリコちゃんがすばやく計算する。

「このあいだのフリーマーケットの残金《ざんきん》って日比谷《ひびや》くんが持ってるんだよね？　二千円くらいだったと思うけど、足りるかな？」

彩都《あやと》くんはうなずいた。

「土と苗《なえ》だけでそのくらいになりそう。支柱《しちゅう》やネットもいるし、ちょっときびしいかな」

「じゃあまたフリーマーケットをやる？」

わたしが言うと、彩都《あやと》くんが首を横にふった。

「準備《じゅんび》があるし、今からやっても間に合わない。植えつけの時期を逃《のが》してしまう」

彩都《あやと》くんは本の表を指さす。さっき見てたやつ。

あーそっか！

5月下旬《げじゅん》までに植えるって書いてあった!!　すでに過《す》ぎてるから急がなきゃ!!

うーん、じゃあどうしよう。

考えこんでいると、ショーゴが言った。

「**寄付《きふ》をつのる**のは？」

「学校全体で寄付《きふ》をつのったら、ひとり1円だとしてもけっこうな額《がく》になるよね」

キリコちゃんも同意した。

わたしは、前に、校長先生に言われたことを思いだす。

先生、寄付《きふ》を口にしたけど、すぐに撤回《てっかい》したんだよね。

『サステナブルじゃない』って。

でも今回は、自分たちでお金を稼《かせ》ぐ時間がない。

こういうとき、どうしたらいいんだろ？

悩《なや》んだわたしが彩都《あやと》くんを見ると、彩都《あやと》くんもそのことを思いだしたのか、しかたなさそうにうなずいた。

「……今回はそれしかないかな。植えつけの時期を逃《のが》したら、計画自体が破綻《はたん》する」

そうだよねえ……。

なんとなく納得《なっとく》いかなかったけど、チラと時計を見ると危機感《ききかん》がわく。

ここでチャンスを逃《のが》したら、残《のこ》り時間が減《へ》りつづけてしまう気がして、わたしはしょうがないなってうなずいたんだ。

4 彩都《あやと》の悩《なや》み事《ごと》

調べ物をして帰るから、と、別行動《べつこうどう》をした僕《ぼく》——日比谷彩都《ひびやあやと》は、職員室前《しょくいんしつまえ》にある掲示板《けいじばん》の前で足を止めた。

そこにはイベントのお知らせがいくつか貼《は》ってあり、思わずじっと見つめる。

「下校時間だけれど、なにか用事かな？」

おだやかな声にふりかえると、そこには僕《ぼく》が会いたかった**巣鴨校長《すがもこうちょう》**が立っていた。

僕《ぼく》は姿勢《しせい》を正すと頭をさげる。

「ええと……**顧問《こもん》としての先生**にお願《ねが》いがあって」

真帆《まほ》たちといっしょでもよかったけれど、ひとりのほうが話が早そうだと思ったのだ。

「募金活動《ぼきんかつどう》をしたいと思っているんです」

少額《しょうがく》だけれどお金が絡《から》むことなので、あらかじめ許可《きょか》をもらっていたほうがいい。

ダメと言われたときのことも考えないといけないし。

と思っていたけれど、先生はあっさり承諾《しょうだく》した。

「わかりました。責任《せきにん》は僕《ぼく》が取るから、報告《ほうこく》だけしてくれるかな」

ホッとしていると、先生が掲示板《けいじばん》を指さした。

「熱心《ねっしん》に見ていたけれど、キャンプに行きたいの？」

さっき、僕《ぼく》の視線《しせん》に気づいていたのか。

少し気まずく思いながらも、口を開く。

「ええと……行きたいなとは思ったんですけど」

頭の隅《すみ》をちらりと大崎《おおさき》の顔がよぎる。同時に、15年後の大崎《おおさき》の顔も。

『この結婚《けっこん》、ちょっと待ったあああ！！！』

邪魔《じゃま》をされるのは……いい気分じゃない。

真帆《まほ》が行くのなら、大崎《おおさき》じゃなくて、パートナーの僕《ぼく》がいっしょに行くのが筋《すじ》だろう？

――って、なにをムキになってるんだろう、僕《ぼく》は。

自分の気持ちがわからなくてイライラしつつ、僕《ぼく》は考えた。

真帆《まほ》は大崎《おおさき》の誘《さそ》いを断《ことわ》ってたけど、気が変《か》わってついていってしまいそうな気もする。

だって、真帆《まほ》はだれにでもついていっちゃうから。

飴《あめ》をあげるとか、チョコレートをあげるとか言われたら、しっぽをふってついていきそうで、危《あぶ》なっかしくてしょうがない。

ため息をついて、僕《ぼく》はふたたび掲示板《けいじばん》を見た。

夏の思い出づくり、大自然《だいしぜん》でのびのび。

そんなフレーズが飛《と》びこんできて、なんだかしっくりこなかった。

うん、遊んでる場合じゃないよな。

「やっぱりいいです。遊んでいたら活動ができなくなってしまうので」

ちらりと時計を見ると14:30となっていて、すでに昨日《きのう》より早まっている。

廊下《ろうか》に充満《じゅうまん》したむわっとした空気にも、あせりがわきあがる。

状況《じょうきょう》は深刻《しんこく》だ。

これから夏になれば、エアコンの使用量《しようりょう》も増《ふ》えて、残《のこ》り時間がどんどん減《へ》るのが目に見える。

つまり、それを上回るだけの活動が必要《ひつよう》になるってこと。

だけど先生は言った。

「いやいや、サツマイモを植えたときのこと忘《わす》れたの？　**楽しいことと活動は両立できるんじゃないかな**」

「両立、ですか」

「それが、君たちの活動にとって、一番重要《じゅうよう》かもしれないね」

意味がわからない。

「ちょっとよく、わからないんですけど」

正直に口にすると、

「そうだなあ、これなんてどう？」

校長先生は隣《となり》の掲示板《けいじばん》を指さした。ひっそりと貼《は》ってあったのは、民間《みんかん》のイベント会社が行っているイベントのポスター。

「キャンプ場でゴミ拾い？」

なるほどって思った。それならキャンプと温暖化防止《おんだんかぼうし》の活動がいっしょに行える。このあいだの海辺《うみべ》のゴミ拾いでは、災害発生時刻《さいがいはっせいじこく》をずいぶん遅《おく》らせられたし。

納得《なっとく》しつつも、キャンプ場でゴミを拾って楽しいかと言われると否《いな》だった。真帆《まほ》ならやるって言いそうだけれど、な。

あのポジティブさはすごいって感心する。

「そもそもキャンプっていうのは、**自然《しぜん》の中で過《す》ごすもの**だからね」

と言って先生がもう1枚《まい》の掲示物《けいじぶつ》を指さす。

「これとか、それか――」

そのとき。

校長先生の腕《うで》が目に入り、僕《ぼく》は目を見開いた。

今まで長袖《ながそで》の下にかくれていた**腕時計《うでどけい》**が見えたのだ。

砂時計《すなどけい》の形をしたそれは、僕《ぼく》のしているものと似《に》ているが、画面は暗い。

「せんせ、い……その時計」

かすれた声でたずねる。

「……ん？」

校長先生は僕《ぼく》の視線《しせん》の先を見て、ハッとしたような顔になった。

「これが見えるということは……」

そして僕《ぼく》の腕《うで》を見ると目を見開き、ささやくように言った。

「やっぱり君が上野《うえの》さんのパートナーなのか」

「え、パートナーって……え？」

それって、結婚相手《けっこんあいて》のことを言ってる!?

どうして、そのことを知っている？

僕《ぼく》と真帆《まほ》――いや、真帆《まほ》はそのことに気づいていないけど――しか知らないはず。

いや、大崎《おおさき》と四ツ谷《よつたに》さんにも説明《せつめい》したか。けど先生に話すようなことじゃないし、それを信《しん》じる大人もちょっとどうかと思う……。

混乱《こんらん》していると、

「うーん、それじゃあもっと協力《きょうりょく》をしないとねえ。なにかあったら遠慮《えんりょ》なく相談してください」

校長先生は少しさびしげに笑《わら》うと、踵《きびす》を返して去っていこうとする。

「**――待ってください！**」

僕《ぼく》は反射的《はんしゃてき》に呼《よ》びとめる。

先生はなにか知っている。

それならば、聞かなければならない。

「先生、この時計はどういうものなんですか⁉」

先生は足を止めると、僕《ぼく》をふりかえった。そしてちょっと困《こま》ったように眉《まゆ》をよせる。

「その時計は**未来《みらい》からの贈《おく》り物《もの》**だ。僕《ぼく》はミッションに失敗《しっぱい》して時計が止まった。そして、――を失《うしな》った」

失敗《しっぱい》？　止まった？　失《うしな》ったって、なにを？

先生が言ったのは、聞こえているのに理解《りかい》できない言葉だった。
先生は時計を見る。
真っ暗な画面は、のみこまれそうに深い闇《やみ》の色だ。
「失敗《しっぱい》ってどうして」
時計が止まったら、どうなるのか。
そもそも、失敗《しっぱい》っていうのは、どういう状態《じょうたい》なんだろう？
漠然《ばくぜん》と死ぬのではないか、と恐《おそ》れていたけれど。
そうではない？
じゃあ、僕《ぼく》と、真帆《まほ》は、どうなる？
わからないことばかりで動揺《どうよう》する。
教えてくださいと、すがるように先生を見る。
先生はもう一度言った。
「君たちは失敗《しっぱい》すると——を失《うしな》う」
でも聞きとれない。はっきりと言っているように見えるのに。

先生は「今はまだ、理解《りかい》できないようになってるみたいだね」と小さく首を横にふった。

「ただ、君たちには可能性《かのうせい》が残《のこ》されている。僕《ぼく》は、もうだれにもあんなつらい思いはしてほしくない。だから――」

校長先生は、じっと僕《ぼく》を見つめた。

そしてやわらかくほほえんだあと、ズボンのポケットからチラシを1枚《まい》取りだした。

そして僕《ぼく》に手渡《てわた》すと、力強い声で言った。

「**ぜひ、地球を救《すく》ってくれ**」

5 学校を涼《すず》しくしようプロジェクト

その週の金曜日、わたしたちは学校の校門近くで**募金活動《ぼきんかつどう》**を行った。

募金活動《ぼきんかつどう》は、彩都《あやと》くんが先生に許可《きょか》をもらってくれたおかげで、すごくスムーズに行えた。

募金《ぼきん》に必要《ひつよう》なのは、集めたお金をどういう活動に使うのかを明確《めいかく》にして、人の邪魔《じゃま》にならないように行うこと、らしく。

あらかじめチラシを配って、活動への理解《りかい》を得《え》ることにしたんだ。

名前があったほうがいいよねってことでつけたその名は、『**学校を涼《すず》しくしようプロジェクト**』！

キリコちゃんが考えてくれたんだけど、わかりやすくてすごくいいと思う！　だって、みんなだって涼《すず》しく過《す》ごしたいに決まってるし!!　**天才!!**

それでチラシを学校の掲示板《けいじばん》に貼《は》らせてもらったり、クラスで呼《よ》びかけたり。

その週は活動がけっこういそがしかったけれど、おかげでグリーンカーテンを作るための募金《ぼきん》はけっこう集まったんだ。

ただ……。

クラスのはしっこでは渋谷《しぶや》くんたちのグループがこちらを見て笑《わら》っている。

「おれ、あいつらに10円めぐんでやったぜ～」

「おれも～」

そんな話で盛《も》りあがっている。わざと聞こえるように。

や、やな感じ～～～～！！！

ムキーってなりそうなわたしを彩都《あやと》くんが「気にしちゃダメだ。寄付《きふ》してくれてありがたいし」と制《せい》した。

まあ、そうなんだけどさ～～～……でもさあ！

めぐむとかそういうんじゃないし!!

これは学校みんなのための活動だし！！！

感じわる～～い！！！

ぶちぶちと文句《もんく》が出てきそうなのを、必死《ひっし》でのみこんで集計を手伝《てつだ》う。

「あ、でも渋谷《しぶや》。おまえ、結局《けっきょく》1円も寄《き》付《ふ》しなかったな」

グループのひとりが渋谷《しぶや》くんに声をかけた。

「協力《きょうりょく》したくねえんだから、しょーがねーだろ」

渋谷《しぶや》くんはハッと鼻で笑《わら》うと、そのまま輪《わ》からぬけて廊下《ろうか》に出ていった。

とたん、渋谷《しぶや》くん以外《いがい》の子がヒソヒソと声のトーンを下げる。

「って、カッコつけてるけど、あいつんちビンボーだからじゃね？」

「だよな。おれんちのキャンプも、つまんねーから行かねえって断《ことわ》ってきたけど……金がねーから行けねえのまちがいだろって感じ」

え？

すごく小さな声だった。

でも確《たし》かに聞こえた気がして耳をうたがった。

今の、**渋谷《しぶや》くんの悪口**？

思わずじっと見つめると、目が合った子があわてたように目をそらした。

え、友だち、だよね？

気になっていると、ショーゴが「あいつらまじ感じわりぃな」とつぶやいたあと、たずねた。

「そういや、真帆《まほ》。キャンプ、どうする？」

「このあいだ、断《ことわ》ったと思うんだけど」

わたしが言うと、ショーゴは食いさがった。

「おまえ、あのとき、なにも考えずに答えたろ」

うーん。確《たし》かに。

条件反射的《じょうけんはんしゃてき》に断《ことわ》っちゃったよね。だってショーゴとキャンプとか**ありえない。**

「バーベキューとか魚釣《さかなつ》りとか楽しいぞ～」

エサを出してくるショーゴ。

ううう、バーベキュー？　魚釣《さかなつ》り？

「マシュマロ焼《や》いて、かき氷も作る！」

わたしはもう1回考えなおす。

かつていっしょに行ったキャンプ。

思いだすといじわるされた印象《いんしょう》ばっかり残《のこ》ってるけど、まあまあ楽しかったような。

でもなあ。

「なんか、暑そうだし」

ショーゴがいるとよけいに暑苦しい感じがする。

渋《しぶ》ると、

「四ツ谷《よつたに》も行かね？」

ショーゴは切《き》り札《ふだ》とばかりに口にする。

「行ってもいいけど、わたしをダシに使わないでよね……」

キリコちゃんはため息をついた。

うーん、うーん、ショーゴとはイヤだけど……うん。キリコちゃんといっしょなら絶対《ぜったい》楽しいし、行きたいかも……。

あ、そうだ。

彩都《あやと》くんもいっしょなら、絶対《ぜったい》行きたいかも!!!

勢《いきお》いで彩都《あやと》くんを見る。

すると彩都《あやと》くんは、じっと時計を見つめていた。

つられて手首を見ると、発生時刻《はっせいじこく》が14:20まで早まっていた。

だんだん暑くなっているからか、残《のこ》り時間がどんどん減《へ》っている。

一気に青くなったわたしは、キリッと顔を引きしめ、のどまで出かかった言葉をのみこんだ。

そうだよね。遊んでる場合じゃないか。

今年の夏は、勝負の夏な気がする。遊ばずに地球にやさしいことをしないといけない気がする!!

ぐ、具体的《ぐたいてき》にはなにすればいいかわかんないけど～!

そう答えようとしたとたん、彩都《あやと》くんがさえぎるように言った。

「真帆《まほ》。――これに参加《さんか》してみない?」

「校長先生に紹介《しょうかい》してもらったんだけど」

彩都《あやと》くんが差《さ》しだしたチラシを、みんなで囲《かこ》む。

そこにはこう書いてあった。

「『**エアコンを切って、大自然《だいしぜん》で涼《すず》もうツアー!**』?」

「エアコンをつけずに過《す》ごせば、温暖化防止《おんだんかぼうし》になるかなって。それに、そういう生活からふだんの節電《せつでん》のヒントも得《え》られそうだし」

「た、確《たし》かに! 森ならきっと涼《すず》しいよね!!」

あったまいい!! さすが～!!

「おまえさっきと言ってること、まったくちがわね？　キャンプ、暑そうって言ってたよな？」

ショーゴが文句《もんく》を言うけれど、無視《むし》です、無視《むし》。

だってクールな彩都《あやと》くんがいっしょなんだから、きっと涼《すず》しい！

「なんだその理屈《りくつ》……わけわからん」

ショーゴが机《つくえ》につっぷした。

あ、口に出ちゃった？

キリコちゃんが、ヨシヨシとショーゴの頭をなでている。

彩都《あやと》くんはちょっと気の毒《どく》そうにショーゴを見つつ、「で、真帆《まほ》、どうする？」とたずねた。

そんなのもちろん！

「行きまーす！」

わーい！　これで、この夏の『未来守り隊《みらいまもりたい》』の活動は決まりだよね！

「即答《そくとう》かよ！」

つっぷしていたショーゴがツッコむ。

ショーゴを無視《むし》してわたしはキリコちゃんに声をかけた。

「キリコちゃんもいっしょに行こ～!!」

すると、キリコちゃんは「行ってもいいけど……」とちょっと困惑《こんわく》した顔で彩都《あやと》くんを見る。

彩都《あやと》くんの表情《ひょうじょう》は、いつも通りで読めなかった。

「日比谷《ひびや》くん、参加《さんか》しても……大丈夫《だいじょうぶ》？」

え、キリコちゃん、なんで彩都《あやと》くんに聞くんだろ？

ふしぎに思っていると、彩都《あやと》くんは苦笑《にがわら》いをしてうなずいた。

「真帆《まほ》がそうしたいなら」

彩都《あやと》くんはわたしを見る。

わたしは**キョトン**とした。

え？　なんでわたしに聞くんだろ？

「で、でも、キャンプは大勢《おおぜい》のほうが楽しいよね？」

たずねると、彩都《あやと》くんは「そうだね」とうなずいた。

「……じゃあ、わたし隊員《たいいん》として参加《さんか》させてもらうね」

するとショーゴが顔をあげ、「おれも行く」と言った。

「え、おうちのキャンプは？」

びっくりしてたずねると、ショーゴはキレ気味に答えた。

「どっちも行くんだよ！」

えー、なんでキレてんの!?　意味わかんない。

首をかしげていると、ショーゴは彩都《あやと》くんを見て「文句《もんく》はないよな？」と低《ひく》い声で言う。

彩都《あやと》くんは真正面からショーゴの視線《しせん》を受けとめると、

「別《べつ》に」

と無表情《むひょうじょう》でうなずいたのだった。

わたしたちは、集まった募金《ぼきん》でゴーヤの苗《なえ》と、栽培《さいばい》に必要《ひつよう》なものを買い、室外機《しつがいき》のまわりに植えた。

ゴーヤの育て方はサツマイモと似《に》ていたけれど、今回は縦《たて》に伸《の》ばしていくものなので、支柱《しちゅう》とかが必要《ひつよう》で。

そのあたりはガーデニングが趣味《しゅみ》っていう校長先生が（そういえば最初《さいしょ》に会ったときも中庭で花の世話をしていたよね）、アドバイスをたくさんくれたんだ。

他にも、伸《の》びてきたらツルと葉っぱを増《ふ》やすためにも先端《せんたん》をわざと切ったほうがいい（**摘心《てきしん》**っていうんだって！）とか、夏になったらたくさんお水をあげないといけないとか。

知らないことばっかりだったから、くわしい人がいて本当に助かった。

じわじわ早まりつづけて13時台になっていた時計の時刻《じこく》も、ゴーヤを植えたとたん、**14:10**まで回復《かいふく》。それ以上《いじょう》早まらずにとどまっていて、わたしたちはホッとしていた。

そうこうしているうちに**夏休み**がやってきた！

通知表は散々《さんざん》だったけど、いったんすべて忘《わす》れます！

なんたって、今日は**キャンプ**だもんね！

9月まで会えないはずの彩都《あやと》くんに、夏休み中も会えるなんて！

未来守《みらいまも》り隊《たい》の活動、しててよかったぁああああ！

「うわーい！　幸せすぎる〜！」

喜《よろこ》びでテンション上がりまくってたら、「公共《こうきょう》の場では静《しず》かに」って彩都《あやと》くんに怒《おこ》られちゃった……。

そんなこんなでわたしたち『未来守《みらいまも》り隊《たい》』のメンバーは、県のまんなかあたりにある、渓谷《けいこく》がきれいなキャンプ場へと向かっている。

電車で近くの駅まで行ったら、駅からキャンプ場までは無料《むりょう》バスが出ていたんだ。

バスの中から外を見ていると、景色《けしき》がどんどん入れかわっていった。

「うわー、きれい！」

川沿《かわぞ》いには木がたくさん植えられていて、青々《あおあお》とした葉をたくわえた枝《えだ》が川の上で交差《こうさ》して、アーチみたいになっていた。

川にかかる橋は赤くて、なんだか歴史《れきし》ある古い街《まち》に来たみたい！

すっごい、ステキ！

しかも涼《すず》しそう〜!!

と、目を輝《かがや》かせてバスから降《お》りたわたしだったけれど。

「あっちぃ……」

ショーゴが白目をむきながら、うなった。

バスのエアコンの冷気《れいき》がどんどん体からはがれてなくなっていく。

ううう……た、確《たし》かに……。

「だれだよ森は涼《すず》しいって言ったやつは」

うわーん！

だって森は涼《すず》しいものでしょ〜!? 見た目は涼《すず》しそうなのに、**詐欺《さぎ》だあ!!**

しょんぼりしていると、後ろから降《お》りてきたお兄さんが笑《わら》った。

「涼《すず》しさは標高《ひょうこう》に左右されるからねえ。ここは平地とそこまで高さが変《か》わらないから、涼《すず》しさもそこそこだろうね」

がーん!! だまされた!! お金返して!!!

と、わたしが絶望《ぜつぼう》しているのに、お兄さんはおなかを抱《かか》えてめちゃくちゃ笑《わら》っている。

「にしても、森があるから多少はマシだと思うよ」

「あっ、そっか! えっとええっと……」

このあいだやったばっかりだよ!

「そうだ。**気化熱《きかねつ》**……!」

だっけ?

「そうそう、葉っぱの**蒸散作用《じょうさんさよう》**でまわりの熱《ねつ》がうばわれるんだ。よく知ってるねえ」

POINT《ポイント》

植物は光を浴《あ》びると、
葉っぱから水を
水蒸気《すいじょうき》として発散《はっさん》するよ。
これが**蒸散《じょうさん》**。

そして液体《えきたい》(水)が
気体(水蒸気《すいじょうき》)になるときに
吸収《きゅうしゅう》する熱《ねつ》のことを、
気化熱《きかねつ》っていうの。
熱《ねつ》が吸収《きゅうしゅう》されるから、
まわりは涼《すず》しくなるってわけ!

お兄さんは笑《わら》うのをやめると、目を丸くしてわたしを見る。

えっへん！　すごいでしょ！

胸《むね》を張《は》るとふたたびお兄さんが噴《ふ》きだし、彩都《あやと》くんとキリコちゃんがちょっとはずかしそうに目をそらした。

「真帆《まほ》、それ、口から出てるからな」

ショーゴがあきれたように言うと、お兄さんがさらに笑《わら》って目に涙《なみだ》を浮《う》かべた。

「まあ、夜はもうちょっと冷《ひ》えると思うよ。――君たちキャンプの参加者《さんかしゃ》だよね？　僕《ぼく》は大学生で、イベントスタッフのボランティアをやっている**立川《たちかわ》**です。よろしく」

あ、そうなんだ！

「あ、わたし、上野真帆《うえのまほ》、です！　ボランティアとかすごいですね!?」

「いや〜、子どもも好《す》きだし、こういうイベント、やりがいがあるよね」

そう言って、立川《たちかわ》さんは彩都《あやと》くんたちに向きあった。

彩都《あやと》くんがすっと背筋《せすじ》を伸《の》ばして、あいさつをする。

「日比谷彩都《ひびやあやと》です。よろしくお願《ねが》いします」

「四ツ谷桐子《よつたにきりこ》、です」

「大崎省吾《おおさきしょうご》です！」

「よろしくね〜！　じゃあ、せっかくだから受付《うけつけ》までいっしょに行こうか」


受付《うけつけ》ではパンフレットをもらった。

そこには『**エアコンを切って、大自然《だいしぜん》で涼《すず》もうツアー！**』というタイトルの下に、イベントの注意事項《ちゅういじこう》という文字があった。

なになに？

わたしは箇条書《かじょうが》きにされているそれを読みあげる。

・ゴミは分別《ぶんべつ》しよう
・省《しょう》エネを心がけ、使うときはできるだけ再生《さいせい》エネルギーを使おうそこまで読んで、わたしは思わずこぶしをにぎりしめた。

おお～。大事なことばっかりだ！

ゴミの分別《ぶんべつ》！　大事だもんね！

あと省《しょう》エネも！

えっと、**再生《さいせい》エネルギー**ってなんだったっけ？

「再生《さいせい》エネルギーってのは、**太陽光**とか、**風力発電**とか」

彩都《あやと》くんが隣《となり》で口を開いた。

あ、また口から出てたっぽい？

と思いながら、わたしはニコニコとうなずいた。

そうだった、そうだった。

「でも、電気が太陽光発電とか風力発電とか、どうやって作られてるのか、見分けられるのかよ？」

ショーゴが横から割《わ》りこんでたずねた。

「太陽光はわかりやすいよ」

そういうと彩都《あやと》くんはカバンの中からなにかを取りだした。

見ると、手のひらサイズのパネルみたいなものがついた物体。

なにこれ？

「**モバイルバッテリー**だよ。太陽光で充電《じゅうでん》できるタイプ」

「バッテリーとかなにに使うの」

「これ」

取りだしたのはなんと**スマホ**！

えぇー!?　いつの間に！

「買ってもらったの!?」

「姉のお下がり。まだ使えるからって」

いいなあああ!!!　わたしもほしい!!!!

「真帆《まほ》は信用《しんよう》ねえから、買ってもらうの無理《むり》だと思うぜ」

ショーゴが言い、キリコちゃんがうなずいた。

えええ、ふたりしてなんでえ!?

「おまえ、しょっちゅう物なくして怒《おこ》られてんじゃん……おれが親だったらスマホとかこわくて持たせられねえ」

そ、そうだったっけ??

「コンパスとか三角定規《さんかくじょうぎ》とか……それぞれ3セット目だよね」

「落とし物箱の常連《じょうれん》だしな」

いやあああ、彩都《あやと》くんの前で言わないでええええ!!!

キリコちゃんとショーゴがそれぞれが言って、わたしはあせった。

だけど、時すでに遅《おそ》し。

彩都《あやと》くんのまなざしが冷《ひ》えていた。信《しん》じられない、という目だ。

「こ、このごろは気をつけてるしぃ……」

ううう……ぽ、ポイントダウン……ってもうこれ以上《いじょう》下がることはないかもだけどぉおおお。

打ちひしがれていると、彩都《あやと》くんは小さくため息をついて言った。

「ああ、そこのそれも」

彩都《あやと》くんは足元を指さした。

指の先を見ると、そこには**ライト**があった。

ん？　これがどうしたんだろ？

「そばに**パネル**があるよね」

見ると、たしかにさっき見たモバイルバッテリーと同じようなパネルがついている。

「これ、太陽光で充電《じゅうでん》するタイプの外灯《がいとう》だよ」

へえええ！　すごい!!

「こういうの、ヒントになるよね」

なるほどって思った。

こういう工夫《くふう》をふだんの生活に活かしていけば、温暖化《おんだんか》の対策《たいさく》になるかもしれない。

それだけで、ここに来てよかったなあって思った。

それからわたしたちは、お昼ごはんの準備《じゅんび》に取りかかった。

定番の**カレーライス**！

ちなみに夜も定番の**バーベキュー**なんだって！

だけど。

あれ？

キャンプに来たことはあるものの、食事の準備《じゅんび》はいつも親にやってもらっていたので、勝手がわからない。

カレーは作ったことがあるけれど……コンロがない。

どうやって作るの？

と思っていると、立川《たちかわ》さんがやってきて**かまど**に案内《あんない》してくれた。

隣《となり》に置《お》いてあるのは炭の入った段《だん》ボール。

「使う燃料《ねんりょう》は、**間伐材**《かんばつざい》を炭にしたものなんだ」

「間伐材《かんばつざい》？」

「**森を整備**《せいび》**したときに出る木材**《もくざい》で、間伐《かんばつ》っていうのは、日光が植物に行きわたりやすいように、樹木《じゅもく》の間引きをすること。その間引きのときに出た木材《もくざい》を、間伐材《かんばつざい》って言うんだ」

で、でも、木を燃《も》やすと**二酸化炭素**《にさんかたんそ》が発生しちゃうんだよね……。

なのに使っていいのかな？　不安《ふあん》になっていると、立川《たちかわ》さんはわたしの不安《ふあん》に寄《よ》りそうように言った。

「確《たし》かに燃《も》やすと、二酸化炭素《にさんかたんそ》が出る。でも二酸化炭素《にさんかたんそ》を減《へ》らすためには、森を守らなければならない。**このふたつを同時進行でやって、環境《かんきょう》を守っていく**」

へえええ！

「料理をすると、多かれ少なかれ二酸化《にさんか》炭素《たんそ》が出てしまう。それならば、二酸化《にさんか》炭素《たんそ》を減《へ》らすための活動を行って、プラ**スとマイナスをゼロにしていけばいい**

……ってことかな」

彩都《あやと》くんがつぶやいた。

わー、そっか。わかりやすい。

あれ？

今のって、なんとなく、腕時計《うでどけい》の残《のこ》り時間を増《ふ》やすための活動に似《に》てるような気がする。

わたしたちが生きて活動をする限《かぎ》り、二酸化炭素《にさんかたんそ》が発生して、残《のこ》り時間が減《へ》っていく。

だからこそ、なるべく二酸化炭素《にさんかたんそ》が発生しないように残《のこ》り時間を増《ふ》やすような活動をしながら生きていく。

「どっちかひとつだけじゃ解決《かいけつ》しないんだね……」

「そうなんだ」

立川《たちかわ》さんがニコニコしながらうなずいた。

「君たちは環境問題《かんきょうもんだい》に興味《きょうみ》があるのかな。それでこのイベントに？」

「はい！」

わたしは力一杯《ちからいっぱい》うなずき、彩都《あやと》くん、それからキリコちゃん、ショーゴもうなずいた。

「わたしたち、『未来守り隊《みらいまもりたい》』っていう、温暖化《おんだんか》を止める活動をしているんです」

説明《せつめい》すると、お兄さんがすごくうれしそうな顔になった。

「そっか。じゃあ僕《ぼく》とは仲間《なかま》だ」

というと立川《たちかわ》さんはなにかカードをくれた。

あ、これ、**名刺《めいし》**ってやつ！

そこには**『グリーンフォレスト』**と書いてあり、下には立川《たちかわ》さんの名前と連絡先《れんらくさき》もあった。

「いっしょにがんばろうね」

その言葉にすごくじんとなった。

すごいねって言われることが多かったけど、この人はちがうんだって思って。

活動が特別《とくべつ》なことだとは思ってなくて、あたりまえだって思ってる。

志《こころざし》がいっしょの、同志《どうし》が見つかった気がして、うれしかったんだ。

7 大人なのに

「あー、おいしかったあ！」

わたしはパンパンになったおなかをさすりながら、食事の後片《あとかた》づけをしていた。

ちなみにお昼のカレーはめちゃくちゃおいしくできました!!　主にキリコちゃんと彩都《あやと》くんとショーゴのおかげだけど！（わたしはジャガイモの皮むき係だったんだけど、皮を厚《あつ》くむきすぎて、**食品ロスだから**とクビになりました！）

ふと見ると、彩都《あやと》くんがむずかしい顔をして腕時計《うでどけい》を見つめている。

んん？　どうしたんだろ。

あ。もしかして災害発生時刻《さいがいはっせいじこく》が早まったとか!?

と思ってあわてて時計を見ると、予想とは逆《ぎゃく》で、14:25になっていておどろく。

たしかここに来る前は14:10くらいでとどまっていて、なにをしてもあんまり動きがない感じだったのに。

え、なにか特別《とくべつ》なこと、したっけ？

「さっき、ちょっと時計が**青く光った**気がしたんだよ。まあ、たぶん気のせいだと思うけど、時刻《じこく》も遅《おそ》くなってるし……どういうことだ？」

え？　青く光る？

わたしは思いだす。そういえば、そんなこと、前にもあった気がする。

たしか、校長先生と話したとき。それから、海《うみ》さんと話したとき……。あのときもたしか、残《のこ》り時間が一気に増《ふ》えたような。

そう言おうとしたとき、ガハハという大きな笑《わら》い声がして、わたしはびっくり！

うわ、なに!?

「そういえば、ここ、個人《こじん》のお客さんもいるみたいだな」

彩都《あやと》くんの視線《しせん》の先を見ると、立川《たちかわ》さんと同じ年くらいかな？　お兄さんとお姉さんが楽しそうにさわいでいる。

う……ん。楽しそうなのは、いいんだけど……。

「ゴミ、残《のこ》ってるね」

洗《あら》い場《ば》のまわりには、半透明《はんとうめい》のレジ袋《ぶくろ》が5つバラバラに放置《ほうち》されている。

発泡《はっぽう》スチロールのトレーとか、残《のこ》った野菜《やさい》とか肉とかがごっちゃになってつっこまれていた。**も、もったいない……！**

さらに、ペットボトルがそのまま、他のゴミといっしょになって入っていた。

可燃《かねん》ゴミどころか、ビールの缶《かん》とかといっしょじゃん！

そ、それに、たぶんレジ袋《ぶくろ》は、スーパーで買ったものを入れてきたんだよね？　エコバッグも使ってないっぽい。全体的《ぜんたいてき》に、なんかイヤな感じ！

えええ、まさかこのままもどらないよね？

と思ったら、放置《ほうち》したままテントのほうにもどろうとしたので、わたしは思わず声をあげた。

「あの、ゴミ残《のこ》ってますよ!!」

「は？」

にこやかだったお兄さんがふりむくなり、わたしをにらみつけた。

えええええっ？

その迫力《はくりょく》にわたしは思わずひるんだけど、ダメなモノはダメだと思うんだよね。他の人の迷惑《めいわく》だし。

「ここ片《かた》づけて、ゴミ、分別《ぶんべつ》するのがルールです！」

元気よく言って、洗《あら》い場《ば》のところに貼《は》ってある紙を指さす。

「可燃《かねん》ゴミと資源《しげん》ゴミは分けてください。地球温暖化《ちきゅうおんだんか》が進んじゃいます！」

これでどうだ！　と、胸《むね》を張《は》る。

でもお兄さんはブハッと噴《ふ》きだした。

「地球温暖化《ちきゅうおんだんか》だってさ～！」

「今さらがんばってもムダだって、あきらめたほうがいいって～」

お兄さんたちはゲラゲラと笑《わら》う。

は？　ムダ？

「だいたいさあ、おれたちが出したゴミって証拠《しょうこ》あるのかよ～？」

開きなおった!?

ええ……。なにこの人たち。

大人なのに、悪いことしてる自覚《じかく》、ないのかなあ？

しょーこだせとか、なに？

小学生とおんなじレベルじゃん。

「なんだと？」

彩都《あやと》くんが「**真帆《まほ》！**」とするどい声をあげ、わたしはいつものやつをやらかしてしまっていたことに気がついた。

あああ、腹《はら》が立ちすぎて口から出ちゃった⁉

あわてて口をおさえるものの、時すでに遅《おそ》し！

わあああん、わたしのバカ‼

と、頭を抱《かか》えて反省《はんせい》しつつも、はたと思いあたった。

で、でも、わたし、うっかりだったけど、まちがったことは言ってないよね⁉

だったら、ここで意見を変《か》えちゃダメだって思った。

わたしは、決めたんだから。

彩都《あやと》くんを守るんだって。

こんなことで、ひるんじゃダメだ！

わたしはグッとおなかに力を入れてお兄さんと向きあう。

キリコちゃんがふっと小さく息を吐《は》くと、わたしの隣《となり》に立つ。そしてわたしの手をにぎった。

「大人なんだから、責任《せきにん》ある行動をしてください」

キリッとした顔で、キリコちゃんは言いはなった。

力強い援護射撃《えんごしゃげき》にわたしは奮《ふる》い立《た》つ。

おおお！！！　そうだそうだ！！！

そして、彩都《あやと》くんとショーゴが同時にわたしとキリコちゃんの前に立った。

「ゴミ、片《かた》づけてください」

彩都《あやと》くんがゴミ袋《ぶくろ》を手渡《てわた》し、

「分別《ぶんべつ》もな。こういうのダサいと思う」

ショーゴがつけ加《くわ》えると、

「はあ？　なんだおまえら――」

とお兄さんの目がつりあがり、一触即発《いっしょくそくはつ》な雰囲気《ふんいき》が立ちこめた。

わたしはこわくなる。一瞬《いっしゅん》だけ目をそらしたわたしは、ハッと目を見開いた。

え？

彩都《あやと》くんの足がふくらはぎまで透《す》けていたのだ。

え、えええ、なんで!?

顔をあげてそのことを告《つ》げようとしたとき、

「はいそこまで～」

立川《たちかわ》さんがニコニコしながら現《あらわ》れた。

ポイ捨《す》てお兄さんは、立川《たちかわ》さんの腕《うで》に巻《ま》かれた腕章《わんしょう》をちらりと見ると、顔を引きつらせた。

「子どもたちの前で、大人のかっこいいとこ見せてくださいよ」

そういってゴミ袋《ぶくろ》を差《さ》しだす。

「1分もあれば終わることです。おたがい気持ちよく過《す》ごせたほうが、楽しいじゃないですか」

立川《たちかわ》さんは、あくまで笑顔《えがお》を絶《た》やさなかった。

お兄さんが動かないと、立川《たちかわ》さんは小さくため息をつく。

そしてゴミ袋《ぶくろ》をお兄さんににぎらせたあと、小さな声でささやいた。

「こんなことをしていると、出禁《できん》になりますよ。**防犯《ぼうはん》カメラ**ありますし」

立川《たちかわ》さんはニコニコしたまま、外灯《がいとう》につけられているカメラを指さした。

お兄さんたちはギョッとした様子で、あわててゴミを片《かた》づけはじめる。

「手伝《てつだ》いますよ」

立川《たちかわ》さんが手伝《てつだ》いはじめ、お兄さんたちは気まずそうにうつむいた。

うわああ、やったあ！

と思いつつも……。

「真帆《まほ》、どうしたんだよ。浮《う》かない顔して」

ショーゴがふしぎそうにたずねて、わたしは自分がちょっと落ちこんでいることに気がついた。

なんだか、くやしかったんだ。

「だってさ……わたしたちの声は、あの人たちには届《とど》かなかった……」

それどころか、ムダって言われて、笑《わら》われた。

立川《たちかわ》さんの言葉にくらべて、わたしたちの言葉って、軽いのかな。

まだ、子どもだから？

だからバカにされちゃうのかな？

しょんぼりしていると、彩都《あやと》くんが静《しず》かに言った。

「僕《ぼく》は、これでよかったと思う」

どういうこと？

見ると、彩都《あやと》くんはかすかにほほえんだ。

そのやさしい笑《え》みに胸《むね》がどきんと跳《は》ねる。

「あの人たち、来年もう一度同じようにキャンプに来たら――いやそれどころか、ゴミをポイ捨《す》てしようとするときにもこのことを思いだすよ。〝子ども〟に注意されて、気まずかったなって。そして、ちょっとはずかしかったなって」

「はずかしい？」

彩都《あやと》くんは力強くうなずく。

「そうなれば、こっちの狙《ねら》い通《どお》りに、ポイ捨《す》てはなくなる。だから、これでいいんだ」

「そう、かな」

そんな考え方、したことがなくておどろいた。

論破《ろんぱ》するかされるか。

勝つか負けるか。

世の中にはそれふたつしかなくて、負けたら終わりなのかなって思ってたけど。

そうじゃない結果《けっか》があるんだなって。

すさんでいた心がふしぎと凪《な》いでいく。

「**だから、真帆《まほ》の言ったことは全然《ぜんぜん》ムダじゃないよ**」

やさしい言葉になんだか泣《な》きそうになる。さっき胸《むね》につけられた傷《きず》が癒《い》えていく気がした。

「そう、だね」

力がわいてくる。

うん、こんなことでめげてちゃダメだ!!

よーし、またがんばるぞ~!!

こぶしをにぎりしめて顔をあげると、彩都《あやと》くんがちょっとほっとしたように笑《わら》う。

「それでこそ真帆《まほ》だな」

そう言われて、なんだかうれしくなったわたしはふと思いだした。

あ、そういえば……！　足、透《す》けてたんだった!!

あわてたわたしは彩都《あやと》くんに、さっきのことを言おうとする。

だけど、あれっ？

ふくらはぎまで透《す》けていたはずの彩都《あやと》くんの足は、今見ると足先だけしか透《す》けていない。

「どうした？」

「ううん……なんでも、ないよ！」

見まちがいだったのかな？　それなら、よかった！

8 肝《きも》だめしで涼《すず》しくなろう

その日の夜ごはんはバーベキュー！

「もう、なんも入らねえ……」

肉を**人の3倍**くらい食べ、おなかをパンパンにふくらませたショーゴが地面に転がっているると、立川《たちかわ》さんをふくむボランティアの人たちが「みんないいかな～！」と声をあげた。

なんだろ？

甘《あま》くて香《こう》ばしい焼《や》きマシュマロをほおばりながらそちらを見る。

すると「今日はちょっと暑いので、**イベント**をやります！」という声。

わあ！　イベント！

……ってなんだろ？

定番のキャンプファイヤーとかかな？　と思ったけど、暑いのでってことはそれじゃないよね？

着いたときから心配していた通り、夕方になってもそんなに気温は下がらず、近くの小川の水を汲《く》んできては、まいていた。

気化熱《きかねつ》を使って、少しは涼《すず》しくならないかなって思って。

いいアイディアだねってみんなでやってみて、少しは涼《すず》しくなったんだけど、まだまだクーラーがほしいなって感じだったんだ。

なのに火を燃《も》やすなんて正気《しょうき》の沙汰《さた》じゃない！　しかも環境《かんきょう》に悪い！

「イベントってなんですか〜？」

参加《さんか》メンバーの子がたずねる。

すると立川《たちかわ》さんが答えた。

「夏といえば——**肝《きも》だめし**！　きっと涼《すず》しくなるよ〜！」

わー!!

楽しそう！

隣《となり》にいたキリコちゃんも「わー！　やった！　めっちゃ楽しそう！」と歓声《かんせい》をあげる。

だけど、彩都《あやと》くんは、ちょっとだけ期待外れな顔。

「あれ？　彩都《あやと》くんって肝《きも》だめし、あんまり好《す》きじゃない？」

とたずねると、

「好《す》きとか嫌《きら》いとかっていうより、そもそも効果《こうか》があるのかなって。こわくなっても涼《すず》しくなるかな……」

あ〜……なるほど。言われてみれば。

「こわいと鳥肌《とりはだ》立ったりするよね。あとは、こわくて暑いどころじゃなくなるからかな？

一部のこわがりの人にはすごく効果《こうか》あると思う」

キリコちゃんがつぶやいて、チラッとショーゴを見た。

ショーゴは顔をひきつらせている。

ん？

「あれ、ショーゴってこわいの苦手だったっけ？」

昔家族ぐるみで行った遊園地では、おばけやしき、平気で入ってた気がするけど。

首をかしげていると、ショーゴは少しあわてたように「んなわけあるかよ」と言って、

「おれも効果《こうか》がないんじゃねって思っただけだし！」とつけ加《くわ》えた。

ふーん？

ま、それはいいとして……問題は！

「も、もしかして組分けして、ペアでとかですか!?」

だったらすてき！　**絶対《ぜったい》ペアは彩都《あやと》くんとがいい!!**

ちょっと食い気味にたずねると、彩都《あやと》くんが真っ赤な顔で「真帆《まほ》！　静《しず》かに！」とわたしを制《せい》した。

え？

苦笑《にがわら》いをしたキリコちゃんが「真帆《まほ》ちゃん、欲望《よくぼう》がダダ漏《も》れてるよ」と教えてくれて、わたしはあわてて口を押《お》さえた。

あーー！　またやっちゃった！　反省反省《はんせいはんせい》！

「おまえさ……口にガムテープ貼《は》るか？」

ショーゴがかわいそうな子を見るような目でわたしを見て、立川《たちかわ》さんたちが噴《ふ》きだした。

「組分けはするんだけど、ペアとかじゃなくってね」

えー、残念《ざんねん》。

とつぶやくと、立川《たちかわ》さんが笑《わら》いながら続《つづ》けた。

「**驚《おどろ》かすチーム**と**驚《おどろ》かされるチーム**に分かれます！」

え、どういうこと？

きょとんとしていると、立川《たちかわ》さんたちがルールを教えてくれた。

まずくじ引きで、驚《おどろ》かす側《がわ》と驚《おどろ》かされる側《がわ》の2チームに分かれ、そして驚《おどろ》かす側《がわ》は配置《はいち》
とどんなふうに驚《おどろ》かすかを作戦会議《さくせんかいぎ》。

驚《おどろ》かす側《がわ》が配置《はいち》についたら、驚《おどろ》かされるチームの子はゴールを目指す。

驚《おどろ》かすってのがめずらしいけど、それだけだった。

「えー、でも、驚《おどろ》かす側《がわ》ってこわくないんじゃ？」

だれかが言って、わたしはうなずいた。

「実はそうでもないんだけど、そこはやってみてのお楽しみ！」

立川《たちかわ》さんがそう言って、くじ引きに移《うつ》った。

人数は20人だから、10人ずつで分かれることに。

くじは木の枝《えだ》を使ってあって、先端《せんたん》に赤と青の印《しるし》がつけてある。赤が驚《おどろ》かして、青が驚《おどろ》

かされるチームだって。

わたしは、彩都《あやと》くんといっしょのチームになりますように！　と念《ねん》をこめながらくじをえいっと引く。

「あっ、赤！　驚《おどろ》かす側《がわ》だ！　――**彩都《あやと》くんは!?**」

「………これからだけど」

彩都《あやと》くんはちょっと困《こま》ったような顔でくじを引く。なにか念《ねん》をこめているように見える。

すると。先端《せんたん》は赤！　**わー!!!　おんなじ！**

「………同じだ」

ちょっと敗北感《はいぼくかん》がまざったような声に、そ、それはどーいう意味？　と思いつつも、わたしは**バンザーイ**とさけんだ。

彩都《あやと》くんといっしょの組になっちゃったあ!!

喜《よろこ》びを聞いてほしくてキリコちゃんを見ると、

「いいなあ。わたしも驚《おどろ》かすのがよかった」

キリコちゃんは青の印《しるし》を見せてくれる。

そしてその向こうではショーゴがなにか祈《いの》るように、目を閉《と》じて枝《えだ》を引いていた。

「赤赤赤赤……」

つぶやきながら目を開けたショーゴは固《かた》まった。そのくじの先には青の印《しるし》。

「外れた……」

あ、別《べつ》のチームになっちゃった。

「……どんまい、ショーゴ」

キリコちゃんが、頭を抱《かか》えてうなだれているショーゴの肩《かた》を叩《たた》いた。

「…………」

その落ちこみようがあまりにひどくて、ふしぎに思う。

えー？　そんなに驚《おどろ》かす側《がわ》になりたかったのかなぁ。

まあ、ショーゴ、驚《おどろ》かされたりするの慣《な》れてなさそうだもんね。人のこと驚《おどろ》かす側《がわ》だし。

ふははは、たまには驚《おどろ》かされる人の気持ちになってみるがよい!!

……あ、そうだ。いいこと思いついちゃった！

この際《さい》、日頃《ひごろ》のいじわるのお返しをしてやるのだ～!!

「驚《おどろ》かす側《がわ》になってラッキー！　ふたりのこと、たっぷり驚《おどろ》かしてあげるからね～!!」

わーいと喜《よろこ》んでいると、キリコちゃんが苦笑《にがわら》いをした。

「わたしは全然《ぜんぜん》いいんだけど、……うん、お手やわらかにね。**失神《しっしん》**しちゃうかもだし」

失神《しっしん》？

ってさすがに大《おお》げさすぎ！

笑《わら》いながら彩都《あやと》くんに言う。

「さっそく、作戦会議《さくせんかいぎ》しようよ！　**ワクワクしてきた～!!**」

「……そうだね……でも」

彩都《あやと》くんはチラッとショーゴを見たあと、なんだかちょっと気《き》の毒《どく》そうな顔をしてうなずいたんだ。

いよいよ肝《きも》だめしがスタートし、わたしはバスタオルを頭からかぶって待機中《たいきちゅう》。

ふっふっふ！　定番ですがオバケだよ！　**ウラメシヤ〜**ってやってやるんだあ！

さらに手の中には、ショーゴのために特別《とくべつ》に用意した、濡《ぬ》らしたフェイスタオル。

木の陰《かげ》にかくれて、わたしはショーゴが来るのを待つ。

驚《おどろ》かされるチームは数人ごとに分かれてきてるけど、タオルはひとつしかないから使っちゃったらショーゴのときに驚《おどろ》かせない。

だから、ショーゴが来るまでは使えないんだよね。

ちなみに彩都《あやと》くんはコースの少し手前の木の陰《かげ》にいる。**ガサガサ**と音を立てる係をしているんだ。

他には突然飛《とつぜんと》びだして驚《おどろ》かす係の人とか、ランプをチカチカさせる係とか、空《あ》き缶《かん》を叩《たた》いて大きな音を立てる係とかあるんだけど、基本別々《きほんべつべつ》に行動することになっているんだよね。

せっかく同じチームになったのに、いっしょにいられないなんて！　**うわーん！**

彩都《あやと》くんは涼《すず》しい顔で、

「ねえ、こんなのでこわがるかな……？　それにこれ、驚《おどろ》かせる側《がわ》はまったくこわくないよね」

と、別《べつ》のこと気にしていたけど。

でも肝《きも》だめしのコースは、小さな外灯《がいとう》があるだけで薄暗《うすぐら》いから、わりとドキドキするし、それだけで十分な気もする。

うーん、でも驚《おどろ》かされるチームだったら、彩都《あやと》くんといっしょにドキドキしながらお散《さん》歩《ぽ》できたかもしれないよね……。

きゃー！　こわーい！　とか言ってかわいくこわがったら、距離《きょり》が少しは縮《ちぢ》まらないかなあ……。**ぎゅってしてくれたりしないかなあ……。**

と想像《そうぞう》してみるものの。

なんとなく、ひんやりしたまなざしを向けられそうな気がしてしかたない。

う、うん。

とにかく、過《す》ぎたことを言ってもしょうがないし。

ここは、ショーゴを確実《かくじつ》に仕留《しと》めることに集中だ！

と、はりきっていると、

「ショーゴさあ、無理《むり》しなくっていいんじゃないの。こわいならこわいって言えばいいのに」

キリコちゃんの声がしてわたしはハッとした。

あ、やっと来たぁ！

キリコちゃんとショーゴ、いっしょだ！

って、え？　こわい？

「こわいわけねーし」

「好《す》きな子の前だからって、強がらなくってもいいのになあ」

え、好《す》き？

ショーゴが、好《す》きな子の前で強がって

る？？？

って、好《す》きな子の前ってことは……。

わたしは隣《となり》にいるキリコちゃんを凝視《ぎょうし》してしまう。

え。

えええ、もしかして、ショーゴってキリコちゃんのこと好《す》きだったりするの!?

ひやあああ!!

とそのとき、ショーゴが、ひっと息をのんだ。

「**い、今、なにか聞こえなかったか？　ひゃあああとかなんとか！**」

わたしはあわてて口を押《お》さえる。

ダメダメ、またやっちゃうところだった！　**ウラメシや首元にひんやりタオル作戦失敗《さくせんしっぱい》しちゃうじゃん！**

と思いつつも、気になりすぎる！！！

「聞こえたかもねえ……よく知った声だった気もするけど」

キリコちゃんは表情《ひょうじょう》を微動《びどう》だにさせない。冷静《れいせい》だ。

うわああ、なんかここにわたしがいるってバレてる!?
わたしは固唾《かたず》をのんで様子をうかがう。
ああ、ここで失敗《しっぱい》したら悲しい！
でもなんかふたりの話が気になってしょうがないよ！　ジレンマ！
よしっ！
ここはさっさと実行して、そして話を聞きに……。
と、わたしが立ちあがったときだった。
「**オジョウサン、アソビマショ**」
後ろから声がした。
え？
ふりかえったわたしは、
「**ヒギャアアアア――！？！？！？**」
大きなさけび声とともに、思わずショーゴとキリコちゃんの前に飛《と》びだした。
同時にショーゴが、

「で、でたあああああ！？！？！？　オバケぇええええええ！！！！！」

とさけぶと、キリコちゃんの腕《うで》をつかんで一目散《いちもくさん》にかけだす。

「ちょ、ちょっとショーゴ⁉　あれ真帆《まほ》ちゃ――」

「ぎゃあああああああ！！！！」

ショーゴはすごい勢《いきお》いでかけていく。キリコちゃんを連《つ》れて。

そして、ポツンと残《のこ》されたわたしは大混乱《だいこんらん》のまま！

ああ、置《お》いていかれたあ……‼

驚《おどろ》かせようとしてたのが仇《あだ》となってしまった！

ぼうぜんとしたわたしは、**ガサガサッ**という音にビクッとする。

おそるおそるふりむくと、そこには大きなクマがいた。

うわあああん！　そうだあれが追ってきてる！

く、クマあああああ！？？？　森だから⁉

って、クマに遭遇《そうぐう》したときって、**死んだふり**すればいいんだっけ？

思わず**こてん**、とその場に寝転《ねころ》んだわたしの腕《うで》を、だれかがぎゅっとにぎった。

「真帆《まほ》、なにやってんの……!?」

それは彩都《あやと》くん。

そ、そうだった！　近くにいたんだった！

「あ、彩都《あやと》くん！　く、クマが！　死んだふり――」

「クマに死んだふりは通用しない」

ええぇ、そうなの!?

「とにかく、逃《に》げるよ！」

彩都《あやと》くんは命の危機《きき》にもかかわらず、冷静《れいせい》だった。

寝転《ねころ》んだままのわたしをクマからかばうように前に立つ。

だ、ダメだよ!?　彩都《あやと》くんが死んじゃう!!

そんなの、絶対《ぜったい》ダメ!!!

わたしは飛《と》び起《お》きる。そして彩都《あやと》くんを押《お》しのけるようにして前に出ると、そのままクマに向かって突進《とっしん》する。

「真帆《まほ》!?」

「彩都《あやと》くんに手を出すなあああああ！！！」

「うわっ」

思いっきりタックルすると、クマが後ろに倒《たお》れる。

やった！

わたしは立ちあがるなり、「彩都《あやと》くん、逃《に》げよう！」と彩都《あやと》くんの手を引いてかけだした。

うわあああああん！！！　やっちゃったあああ！！！

素手《すで》で敵《かな》うわけないいじゃん！！！

クマ、絶対怒《ぜったいおこ》ってる！！！

とにかくクマから離《はな》れるために**猛《もう》ダッシュ！**

走って走って走りまくって、開けた場所に出る。

それは敷地中央《しきちちゅうおう》にある広場だった。

奥《おく》にはテントが張《は》ってあり、小さな人影《ひとかげ》もちらほら見える。

わたしたちは立ちどまって、ふりかえる。

クマは追ってきていない。

た、助かった？？？

ほっとしたら腰《こし》がぬけて、しゃがみこむ。

うっわあ、足が、**ガクガク**だよ……ぉ。

彩都《あやと》くんも汗《あせ》だく。

前髪《まえがみ》をうっとうしそうにはらうと、言った。

「完全《かんぜん》にやられた……な」

やられた？

と思ったけど息があがりすぎてもうダメだった。こ、声が出せないよ……！

「驚《おどろ》かす側《がわ》がこわくないとフェアじゃないなって思ってたんだよ。驚《おどろ》かせようとしているところで驚《おどろ》かされたらそりゃ、めちゃくちゃ驚《おどろ》くに決まってる」

えええええ……今の、**そ、そういうことだったの!?**

「えええ、クマに追いかけられて命の危機《きき》かと思ったのに……！」

プリプリ怒《おこ》っていると、彩都《あやと》くんがブハッと噴《ふ》きだした。

「クマって……しゃべってただろ。あれ、**どう見ても着ぐるみ**だ。一瞬不審者《いっしゅんふしんしゃ》かなって思ったけど、着ぐるみは凝《こ》りすぎてるし、たぶん、ボランティアの人だ」

あ。

って、そういえばクマなのにしゃべってたじゃん！

「『**オジョウサン、アソビマショ**』って言ってたあああ！」

頭を抱《かか》えていると、彩都《あやと》くんは「森のクマさんじゃん……」とつぶやく。

だけど、それがツボにハマったのか笑《わら》いつづける。

「あははは！」

その顔が、あまりにも貴重《きちょう》な笑顔《えがお》だったので、わたしはなにもかもどうでもよくなってきた。

「さっきの、真帆《まほ》、すごかった……っ」

うっ、言われてみるとはずかしい……。

必死《ひっし》だったとはいえ、クマにタックルとか、無謀《むぼう》すぎるよね!?

「でも、ありがとう。うれしかった」

感謝《かんしゃ》の言葉と、はにかむような笑《え》みにわたしは息が止まりそうになった。

ああ、ありがとうだって!!

この企画大成功《きかくだいせいこう》だよ！！！

ありがとう、森のクマさん……！

見惚《みと》れていると、彩都《あやと》くんはわたしの隣《となり》に座《すわ》る。

「走ったら疲《つか》れたな……」

そのまま草の上にあおむけに寝転《ねころ》んだ。

ほんとだよ！

真似《まね》して寝転《ねころ》んだわたしは、視界《しかい》に広がった光景《こうけい》に息をのんだ。

空から、星が降《ふ》ってきていた。

あまりの美しさに、わたしは暑さもなにもかも忘《わす》れて、ぼうぜんと夜空を見上げていた。

「家のあたりとはまったく星の数がちがう……」

彩都《あやと》くんが言う。

その声は少しかすれていて、彩都《あやと》くんが感激《かんげき》しているのがわかった。

空気がきれいだからなのかな。それとも暗いからなのか。

「きれい」

感動して言葉を失《うしな》ってしまう。

ふと、彩都《あやと》くんの手が、わたしの手に触《ふ》れる。ドキンとしていると、彩都《あやと》くんがそのまわたしの手をにぎった。

「こんな、晴れた日が、ずっと続《つづ》けばいいな」

びっくりして彩都《あやと》くんのほうを見ると、彩都《あやと》くんがじっとわたしを見つめていた。

その瞳《ひとみ》は、まるで星空みたいに澄《す》んでいてすごくきれいだった。

アアアア、な、なに？　なにこれええええ⁉

なんかドキドキしすぎて、胸《むね》が爆発《ばくはつ》しそう！！！

と思ったそのとき。

「**ぎゃあああああああ！！！**」

遠くで声がした。

ん？？？？

「**わああああああああああああああ！！！！**」

声はどんどん大きくなってきて思わず起きあがると、ショーゴがこちらに向かって走ってきている。

「クマアアアア！！！！　クマが出たぞ〜！！！！　逃《に》げろー！！！！」

あ。

ショーゴの後ろを見ると、クマの着ぐるみを着た人が立っている。その隣《となり》にはキリコちゃん。

「しょーごぉ……」

着ぐるみの人は頭の部分を脱《ぬ》いで「おーい、人間だよ〜」と言っているけれど、ショーゴは動揺《どうよう》しているのか聞こえないみたいで、まだ逃《に》げまわっていた。

「大崎《おおさき》って……めっちゃこわがりなんだな……苦手なものとかなさそうなのに、意外」

彩都《あやと》くんが苦笑《にがわら》い。

「わたしも知らなかった」

「え、そうなの？」

わたしはうなずいた。

「こわがってるの見たことないもん」

「……なんかやせ我慢《がまん》してたみたいだけど」

「あ、そうだった。キリコちゃんにあとで聞かないと！　ショーゴが好《す》きな子の前で我慢《がまん》してるとかいう話！」

「え？　好《す》きな子？」

「さっき、聞いたんだけど……」

かくかくしかじかと聞こえてきた会話を口にする。

「ってことは、**ショーゴがキリコちゃんのこと好《す》き**ってことじゃない⁉」

と力説《りきせつ》すると、彩都《あやと》くんは、

「それ、絶対《ぜったい》ふたりの前で言わないほうがいいと思うよ……たぶんどっちも怒《おこ》ると思う」

とマジメな顔でわたしを諭《さと》したんだ。

うーん？

あれって、どういう意味なんだろう？

絶対《ぜったい》合ってるって思ったんだけど……。

あ、でもショーゴ、前に聞いたとき、好《す》きな人いないって言ってたかあ……。じゃあやっぱりちがうのかな？

帰りの電車の中、わたしたちはガラガラの座席《ざせき》に横並《よこなら》びで座《すわ》っていた。

わたしの右隣《みぎどなり》にはキリコちゃん。そしてその向こうにはショーゴが座《すわ》っている。

キリコちゃんは持ってきた本を静《しず》かに読んでいて、ショーゴはちょっと離《はな》れたところでふてくされたような顔で眠《ねむ》っていた。

ふたりの顔を見ながら考える。

ショーゴは昨日《きのう》の夜から話をしてくれない。

キリコちゃんが言うには、醜態《しゅうたい》をさらしたのがはずかしいからだろうってことらしい。

でも、どうしてわたしが無視《むし》されるのかよくわかんない。はっきりと**八つ当たり**じゃない？

と思っているとため息が聞こえた。

左隣《ひだりどなり》を見ると、彩都《あやと》くん。

彩都《あやと》くんはわたしからひとりぶん離《はな》れた席《せき》に座《すわ》っていて、時計を見ていた。

時計を見ると、わたしもため息が出る。

発生時刻《はっせいじこく》は、カレーを食べたあとに見たときから、ほとんど変《か》わらずで14:24だった。

キャンプの効果《こうか》は、残《のこ》り時間にはあんまり反映《はんえい》されていない。

じわじわと早まりつづける発生時刻《はっせいじこく》に不安《ふあん》が大きくなっていく。

大丈夫《だいじょうぶ》なのかな。

まちがってないかな。

そんなことを考えるとこわくなって、こぶしをギュッとにぎりしめる。

彩都《あやと》くんが小さくつぶやいた。

「これだけ暑いんだから、しょうがないよ。電力の消費量《しょうひりょう》に活動が追いつかないんだ、きっと」

外を見る。

窓《まど》の向こうには青々《あおあお》とした田んぼが広がっていて、空は青く晴れわたって、入道雲が浮《う》かんでいる。

日差《ひざ》しは刺《さ》さるんじゃないかってくらいギラギラしてて、地面からはゆらゆらと陽炎《かげろう》が立ちのぼっていて、すごく暑そうだなって思う。

そして、今、電車のエアコンは寒いくらいに効《き》いている。

もったいないな、って思ったけど、みんなの乗り物だ。わたしの希望《きぼう》だけでエアコンを止めることはできないと思う。

こういうとき、わたしたちは子どもだって痛感《つうかん》する。

力がないことが、歯がゆいなって思った。

「僕《ぼく》たちにできることをしていくしかない。きっと大丈夫《だいじょうぶ》」

うつむきかけていた顔をあげると、彩都《あやと》くんがわたしをじっと見つめていた。

そのまなざしはやわらかくって、わたしは目をぱちぱちとさせる。

え、彩都《あやと》くん、なんだかやさしくない？

どうしてだろうってふしぎだった。

9 屋上で増殖中《ぞうしょくちゅう》

キャンプが終わって1週間後、わたしは学校の屋上に向かっていた。

サツマイモとゴーヤの**水やり当番**だからだ。

ゴーヤもサツマイモも生き物だから、水がないと死んでしまう。

だから、けっこう責任重大《せきにんじゅうだい》なんだよね。

夏休み中の水やりは当番制《とうばんせい》なんだけど、やっぱりお休み中だから用事もあるってことで、できる人でやることになっていた。

基本《きほん》わたしたち『未来守《みらいまも》り隊《たい》』メンバーが交代でやって、残《のこ》りは**焼《や》き芋《いも》パーティ参加《さんか》**を特典《とくてん》にサポートメンバーをつのったり、学童保育《がくどうほいく》で学校に来る子に協力《きょうりょく》を頼《たの》んだり。

それでも足りない部分は、とある強力な助っ人がサポートしてくれることになったんだ。

彩都《あやと》くんがあらかじめ予定を組んでくれていて、もし行けなくなったら連絡《れんらく》をもらうことになっている。

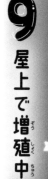

それも全部彩都《あやと》くんが作ってくれたWeb《ウェブ》サイトで（本当にサクッと作ってくれたんだよ、**天才！！！**）、管理《かんり》できるようになってるんだ。

めちゃくちゃすごいよね‼

キャンプが終わったあと数日は夕立が続《つづ》いたおかげで、水やりには行かなくて済《す》んだんだけど、今日は降《ふ》らなそうだから久々《ひさびさ》の水やりだ。

ゴーヤはお水が大好《だいす》きなんだって！

屋上は鍵《かぎ》がかかっているから、いつも鍵《かぎ》を借《か》りてから水やりをすることになっている。

夏休みでも、先生はお仕事で学校に来ているんだよね。大変《たいへん》だ！

「おはようございます～！　屋上の鍵《かぎ》、貸《か》してください！」

鍵《かぎ》を借《か》りるために職員室《しょくいんしつ》の入り口で元気よくあいさつをすると、校長先生が現《あらわ》れた。

「あ、校長先生！　いつもありがとうございます‼」

強力な助っ人っていうのは、なにをかくそう、**この校長先生なのだ！**

ガーデニングが趣味《しゅみ》の先生は、だれも来られない日の水やりをお願《ねが》いしたら、こころよく引きうけてくれたんだよね。

「キャンプは楽しかったかい？」

「はい、すっごく楽しかったです！　いろいろ工夫《くふう》があってためになりました！」

校長先生はニコニコしながら屋上の鍵《かぎ》を渡《わた》してくれる。

受けとるとすぐに、わたしは屋上へと向かったんだけど――。


「**ふわあああ!???**」

ドアを開けてびっくり。

屋上には緑が広がっていた。

雨と暑さでサツマイモがぐんぐん伸《の》びたのか、屋上の半分くらいに広がっていた。

すっつごい!!!

固《かた》まっていると、

「すごいな、これ」

と声がした。

ふりかえると彩都《あやと》くんが入り口に立っている。

え、当番じゃないのに！

「暇《ひま》だったから」

彩都《あやと》くんはそう言いながら近づいてくる。

うわあ、ありがとう!!

水やり、大変《たいへん》だけど、**ふたりなら全然《ぜんぜん》平気だよぉおおお!!**

むしろお休み中に会えてラッキーだよ!!

そう思っていると、彩都《あやと》くんが気まずそうに目をそらした。

あ。あれえ？　口から出てたかな？　このごろよく注意されるから、気をつけてるんだけどなあ……。

わたしは口を押《お》さえつつ、下の階にジョウロを取りにいこうとした。

だけど。

「うわ……なにこれ」

彩都《あやと》くんが言ってわたしはふりかえる。

彩都《あやと》くんはゴーヤの前にいた。

なんだろ？

ゴーヤに近づいたわたしはギョッとした。

「実が、なってる……」

小さいけど、めちゃくちゃたくさん!!

1、2、3……**うわあ、15個《こ》も!!**

そ、そうだよね。ゴーヤって実がなるんだった!!

葉っぱでエアコンに日陰《ひかげ》を作ることしか考えてなかったけど！　すごい!!

「しかもまだ花が咲《さ》いてるってことは、これからどんどん実ができるってことで」

彩都《あやと》くんはどこか浮《う》かない顔。

「どうしたの？」

「真帆《まほ》、ゴーヤって食べられる？」

言われてハッとした。

おまけがついてラッキーくらいに考えてたけど……。

ゴーヤって、確《たし》か、**すっごく苦い野菜《やさい》だよね!?**

「食べたことないけど、ピーマンくらいの苦さならなんとか食べられるかも。彩《あや》都《と》くんは？」

「僕《ぼく》は……好《この》んで食べる感じじゃ、ないかも」

彩都《あやと》くんはちょっと引きつった顔で言った。

そっかあ。

ってことは、このゴーヤはどうすればいい？

「無理《むり》して食べなくてもいいんじゃないかなあ……」

苦いのは大人の食べ物だし……。

ポツンとつぶやくと、彩都《あやと》くんはむずかしい顔になった。
「いや、食品ロスは、温暖化《おんだんか》に影響《えいきょう》するから……**危険《きけん》かも**」
わたしは青くなる。
え、もしかして食べなかったら、残《のこ》り時間が減《へ》ったりする!?
うわーん! 緊急事態発生《きんきゅうじたいはっせい》だよ!!!
急遽《きゅうきょ》『未来守り隊《みらいまもりたい》』の緊急会議《きんきゅうかいぎ》が開かれた。
場所は**学校近くの神社**。日陰《ひかげ》がたくさんだから、外でもけっこう涼《すず》しいんだ。
キャンプでも思ったけど、木があるとちょっと暑さの質《しつ》が変《か》わる。
「そもそも、実がなることを想定《そうてい》してなかっ

Q&A

食品ロスと温暖化《おんだんか》の関係《かんけい》って?

単純《たんじゅん》に、廃棄《はいき》になる食べ物を燃《も》やすことになって、二酸化炭素《にさんかたんそ》が増えてしまう。他には……

野菜《やさい》や肉を作るときにも、二酸化炭素《にさんかたんそ》が発生する。

きれいな水を作るときにも二酸化炭素《にさんかたんそ》が出るよ。

食べ物を運んだり、保管《ほかん》したりするときにも、二酸化炭素《にさんかたんそ》が発生する。

食べ物を加工《かこう》したり、包《つつ》んだりするときにも、二酸化炭素《にさんかたんそ》が発生する。

作るときも燃《も》やすときも二酸化炭素《にさんかたんそ》が発生する。
食品ロスによって発生する二酸化炭素《にさんかたんそ》は、全体の二酸化炭素排出量《にさんかたんそはいしゅつりょう》の約《やく》10%《パーセント》とも言われているよ。

たのが失敗《しっぱい》だった気がする」

彩都《あやと》くんはかなり憂鬱《ゆううつ》そうな顔だった。

うーん？　さっきからどうしたんだろ。

「確《たし》かに緊急事態《きんきゅうじたい》ではあるんだけれど、最悪《さいあく》食べればいい話だよね。20本できたとして、ひとり5本って考えると、なんとか、ならないかな……？」

そうつぶやくと、

「真帆《まほ》はゴーヤの苦さをなめてると思う」

彩都《あやと》くんが苦々《にがにが》しい顔で言った。

キリコちゃんが同意する。

「あれはね、食べ物だと認《みと》められない苦さだよ」

そ、そうなんだ？

ショーゴを見ると、

「うーん、おれは食えるけど、さすがに何本もってなるときつい。大量《たいりょう》に食うもんじゃねーだろあれ」

そっかあ。

わたしはしょんぼりとする。だけどハッとした。そうだ。前にここでやったじゃん！

「じゃあ、売ってみるとか？」

フリーマーケットとかじゃダメかな！

「ナマモノだからなあ……あと食べ物って、管理《かんり》が大変《たいへん》そうな上に、商品ひとつだし、人《にん》気《き》の野菜《やさい》って訳《わけ》でもねーし」

ショーゴがむずかしい顔で言う。

確《たし》かにぃいい！

このあいだは売るものがたくさんあって、しかもわたしでもほしいものが商品だったけど、今回はゴーヤひとつで、わたしたちもほしくないもの。

うまくいく感じがまったくしない！

うわああん、アイディアが尽《つ》きてきた！

「きゅ、給食《きゅうしょく》に利用《りよう》してもらうとか？」

なんとか絞《しぼ》りだすと、

「ええ」

キリコちゃんが顔を引きつらせる。

「できるかどうか置《お》いておいて、わたし、出てきたら食べられないよ!?」

それじゃあ、食品ロスになっちゃうのか。

なにかを成功《せいこう》させようとしたら、なにかが犠牲《ぎせい》になってしまう！

うあああ、めちゃくちゃ、ムズカシーイ！！！

10 おすそ分けします

結局《けっきょく》いいアイディアが思いつかないあいだにゴーヤはどんどん育って、ついには収穫《しゅうかく》できるサイズになってしまった。

「しょうがないからクラスメイトにひとつずつ配る？」

彩都《あやと》くんが提案《ていあん》して、わたしはとまどいながらもうなずいた。

だって他のいい方法《ほうほう》を思いつかなかったし、悩《なや》んでいるあいだに腐《くさ》っちゃったら、残《のこ》り時間が減《へ》ってしまう気がしてこわかったんだ。

公園に行けばだれかいるかも、と、収穫《しゅうかく》したゴーヤを持って**学校近くの公園**に向かうと、予想通りクラスメイトの子がたくさん遊んでいた。

やった！

チャンスとばかりにかけよって、

「ねえねえ、ゴーヤいらない？」

と声をかける。

だけど、反応《はんのう》はイマイチ。

「うーん、いらないや……」

「もらっても、どうやって食べたらいいかわかんないし」

うん……確《たし》かにね。

わたしもそうだったから無理《むり》にとは言えなかった。

ゴーヤは結局《けっきょく》5本くらいしかもらってもらえなくて、10本も残《のこ》ってしまう。

これはもうわたしたちでなんとかするしかないかあ。

今日食べて、明日食べて、明後日《あさって》食べて……。

考えると憂鬱《ゆううつ》になる。

「わたしたちで2本ずつ……持って帰ろっか」

提案《ていあん》したけれど、キリコちゃんはダンマリ。その顔が無理《むり》ですと言っていた。

ショーゴは「3本くらいならなんとかなるか……」と受けとるけれど、彩都《あやと》くんは手を出さなかった。

「うち、家族があんまり好《す》きじゃなくて、結局《けっきょく》食べられない気がする」

確《たし》かに、ひとりで何本も食べるのはきついよねえ。

好《す》きじゃないなら、なにかの修行《しゅぎょう》みたいだし。

どうしたものかなって思ってると、声があがった。

「だれもいらねえなら、おれ、もらってもいいけど」

ふりむいたわたしはびっくりした。

だって、それは**渋谷《しぶや》くん**だったんだ。

公園を見回すといつもの渋谷《しぶや》くんたちグループが、日陰《ひかげ》で集まってゲームをしていた。

渋谷《しぶや》くんたちもいたんだ!?　気づかなかった!

「ゴーヤってめっちゃ栄養《えいよう》あるから、ほしい」

栄養《えいよう》あるんだ!?　なんで知ってるんだろ……と思いつつも。

で、でも!

これはすごくありがたい提案《ていあん》だよ!!!

やったああ!!!

「いいの？　めちゃくちゃ助かる！」

断《ことわ》られる前にとわたしが手渡《てわた》そうとすると、いじわるな声が割《わ》りこんだ。

「えー、活動に参加《さんか》してないのにもらうの？　**そんなのずるくない？**」

それは渋谷《しぶや》くんとよくもめている女子だった。さっきゴーヤをもらってくれたクラスメイトで、未来守《みらいまも》り隊《たい》の活動にも何回か参加《さんか》してくれてるんだ。

うっ、気持ち、わかる！

わかるけど、今はやめて！　いいんだよ、ずるくても！

と思ったけれど、時すでに遅《おそ》し。

渋谷《しぶや》くんはムッとした様子で、

「やっぱ、いらね」

と踵《きびす》を返して仲間《なかま》のほうへともどってしまう。

ああああああ！

せっかくのチャンスがぁ！！！

あきらめきれずにわたしは追いかける。

「渋谷《しぶや》くん！　もらって。お願《ねが》い、わたしたちを助けると思って！」

すると、後ろから彩都《あやと》くんが言った。

「頼《たの》む、渋谷《しぶや》」

渋谷《しぶや》くんはふりむく。そして少しためらったあと、口を開きかけた。

「おれ――」

だけど。

さえぎるように渋谷《しぶや》くんグループの子が言いかえした。

「は？　なんでおれたちが彩都《あやと》を助けなきゃいけねーんだよ。なぁ、桜大《おうた》」

桜大《おうた》っていうのは渋谷《しぶや》くんの名前。

渋谷《しぶや》くんは表情《ひょうじょう》を固《かた》まらせると、ちっと舌打《したう》ちしてわたしたちに背《せ》を向けた。

そのまま彼《かれ》は不機嫌《ふきげん》そうに公園を出ていく。


ぼうぜんと見つめていると、ひそり、と小さな声が耳に飛《と》びこんできた。

「あいつ、はずかしくねーのかよ」


え？


わたしはちらりとそちらに目線を向ける。渋谷《しぶや》くんグループの子だった。

「でもほら。桜大《おうた》ってさあ、彩都《あやと》にめぐんでもらうくらい切羽つまってるんじゃねーの」

「腹減《はらへ》ったって言ってたもんな」

「今、給食《きゅうしょく》ないからさ、こども食堂《しょくどう》行ってるらしいぜ」

「ビンボーって最悪《さいあく》だよな」

ひひひと嫌《いや》な笑《わら》い声。

この子たち、前にもビンボーって言ってたよね？

これってどう考えても悪口だと思うんだけど、どうして友だちのこと、そんなふうに言うのかわからなくて混乱《こんらん》してしまう。

どういう、こと？

「――**おまえらさあ、ちょっと黙《だま》れ**」

低《ひく》い声が響《ひび》いてわたしはビクッとした。

ショーゴだった。

「**かなり最低《さいてい》なこと言ってる自覚《じかく》ある？**」

ショーゴの怒《いか》りをはらんだ声に、渋谷《しぶや》くんグループの子たちが顔をひきつらせた。

ショーゴはそのうちのひとりに体をよせて、上から目をのぞきこむ。

ショーゴはクラスでだれよりも体が大きいから、迫力《はくりょく》がすごい。

「ぬ、盗《ぬす》み聞《ぎ》きすんなよ」

ひとりが文句《もんく》を言うと、

「聞かれたくねえんなら、もっとかくれたところで、絶対《ぜったい》にだれにも聞こえないように言うんだな」

ショーゴが目をそらさずに重たい声で言うと、グループの子はおびえたように目をそらす。

そして一歩下がると、逃《に》げるようにその場を去ろうとする。でも、

「ビンボーってどういうこと？」

彼《かれ》らの背《せ》に向かって彩都《あやと》くんが静《しず》かにたずねた。

氷のように冷《つめ》たい表情《ひょうじょう》だった。

逃《に》がさない、という強い意志《いし》を感じて、わたしは思わず息をのんだ。

ショーゴが炎《ほのお》なら、彩都《あやと》くんは氷だって思う。

正反対だけど、どっちもこわいって思った。

ショーゴと彩都《あやと》くんににらまれたひとりがごくん、と喉《のど》を鳴らす。

「お、桜大《おうた》の、家、親が離婚《りこん》して……」

彩都《あやと》くんは目を見開いた。

その子たちが言うには、渋谷《しぶや》くんの親は去年離婚《りこん》して、渋谷《しぶや》くんはお母さんと妹と3人で住んでいるらしい。

それでかどうかはわからないけど、たまにごはんを食べてきてないって。だから給食《きゅうしょく》も

よくおかわりしてるって。
「去年……って。あいつが変《か》わったのって……確《たし》かそのあたりじゃ……」
彩都《あやと》くんはぼうぜんとした。
「あいつ、飯《めし》、ろくに食ってないのかよ」
ショーゴが心細そうに口をはさむ。
わたしも渋谷《しぶや》くんのことを考えると、胸《むね》がすごく重たくなった。
給食《きゅうしょく》のおかわりには意味があった。
そして、あれだけ食べても太らない理由も。
でも、今は夏休みで給食《きゅうしょく》がない。じゃあ、すごくおなかが空いてるのかもしれない。
それこそゴーヤがもし苦手でも、食べたいってくらいに。
あれは、**渋谷《しぶや》くんのSOS《エスオーエス》**だったんじゃないかな……。
だとしたら、わたし、これ、どうしても届《とど》けたいよ。
ギュッとゴーヤの入った袋《ふくろ》をにぎりしめる。
彩都《あやと》くんが「それを笑《わら》うって、本当に友だち？」と言った。心底軽蔑《しんそこけいべつ》するような声に、ひとりがムッとしたように口を開いた。

「友だちじゃねーし」

「友だち、じゃない？　ってどういうこと？」

びっくりして思わず口をはさんでしまう。

だって、あれだけずっといっしょにいて、楽しそうにしてるのに？

「いっしょにいるからって友だちとは限《かぎ》らねーだろ」

「バカやるのにちょうどいいんだよ」

「ショージキ、重たすぎて困《こま》ってたんだって」

口々《くちぐち》に言う言葉にわたしはびっくりしてしまう。

な、なんで、そんな、さみしいこと言うの？

「彩都《あやと》だってあいつのことキライだろ」

彩都《あやと》くんは小さくうなずく。

「たしかに、このごろのあいつはキライだった」

数カ月前まで、彩都《あやと》くんは渋谷《しぶや》くんグループにいた。どうしていっしょにいるんだろうって、わたしも思ってたけど、はっきりキライと聞くと、ちょっとドキリとする。

でも彩都《あやと》くんはすぐに言った。

「でもあいつは、困《こま》っていた僕《ぼく》を助けてくれた」

その言葉に、わたしは彩都《あやと》くんが前に言ってたことを思いだした。

昔、ひとりぼっちだったって。

それを渋谷《しぶや》くんが仲間《なかま》に入れてくれたって。

彩都《あやと》くんは、やさしい渋谷《しぶや》くんを覚《おぼ》えている。

「だから、あいつが困《こま》っているのを見て、笑《わら》うことは絶対《ぜったい》できない」

彩都《あやと》くんはキッパリと言った。

軽蔑《けいべつ》のまなざしを受けたその子たちは、気まずそうに口をつぐむと、

「それなら、彩都《あやと》、おまえが助けてやれよ」

逃《に》げるように背《せ》を向けた。

11 世の中は不公平《ふこうへい》

「行こう」

彩都《あやと》くんがゴーヤの袋《ふくろ》をつかんだ。

どこに？　って聞かずともわかった。

渋谷《しぶや》くんのこと、追いかけるんだって思った。

家かなって思って彩都《あやと》くんの案内《あんない》で向かってみたけど、アパートのチャイムを鳴らしても反応《はんのう》がない。

「いないみたいだ」

彩都《あやと》くんはむずかしい顔。

ってことはどこ？

と思ったとき、

「は、腹減《はらへ》った」

とショーゴがうなった。

確《たし》かにおなか、空いた！

時計を見ると、もう12時をすぎていた。

ごはん食べないと……と考えてわたしはふとさっきの彼《かれ》らの言葉を思いだした。

『こども食堂《しょくどう》に行ってるらしいぜ』

夏休みで給食《きゅうしょく》がないから、ごはん、食べられないのかもしれない。

こども食堂《しょくどう》はそういう子のための食堂《しょくどう》だ。

「ねえ、こども食堂《しょくどう》に行ってるってことないかな？」

「あ、それかも」

彩都《あやと》くんが目を見開く。

「でもどこにあるんだろ？」

行ったことないからわかんない。

キリコちゃんが少し考えて言った。

「たしか、商店街《しょうてんがい》にあるって聞いたことがある」

わたしたちは顔を見合わせ、うなずいた。

「行ってみよう！」

みんなで商店街《しょうてんがい》に向かう。そして目に入った八百屋さんでたずねると、場所はすぐにわかった。

商店街《しょうてんがい》の隅《すみ》っこに『**ひまわり**』という、小さくて古いお店があった。

一見ふつうのお店で、こども食堂《しょくどう》とは書いていなかった。

あるのは『**おなかがすいてる子！　きがるにはいってね！**』という張《は》り紙《がみ》だけ。

本当にここ？

と思って入るのをとまどっていると、彩都《あやと》くんが指で窓《まど》を指さした。

小さな窓《まど》からのぞきこむと、笑顔《えがお》で食事を運ぶのはエプロンをつけた渋谷《しぶや》くん。

わたしはびっくりして固《かた》まった。

え、どういうこと？　お手伝《てつだ》い、してる？　あの、なんでもめんどうくさそうにしてる渋谷《しぶや》くんが？

「毎度ありがとうございます～！」

元気な声で接客《せっきゃく》する渋谷《しぶや》くんはまるで別人《べつじん》で、わたしたちは目を白黒させる。

だけど、彩都《あやと》くんだけは驚《おどろ》いていなかった。

「昔のあいつみたいだ」

え。

と驚《おどろ》いていると、彩都《あやと》くんが店の引き戸を開けた。

「いらっしゃい――」

にこやかだった渋谷《しぶや》くんの顔が一気に凍《こお》りついた。

「おまえらなんでここ……」

「忘《わす》れ物、届《とど》けにきた」

彩都《あやと》くんがゴーヤの袋《ふくろ》を差《さ》しだす。

「いらねえ、って言ったよな？」

渋谷《しぶや》くんは顔を真っ赤にしたまま強い口調で言った。

「出てけよ。ここ、おまえらみたいなやつが来るところじゃねえし」

静《しず》かな、でも鋭《するど》い言葉にわたしは思わずひるむ。

だけど彩都《あやと》くんはその場から動かずに、渋谷《しぶや》くんをじっと見つめた。

「オータ？　どうかした？」

厨房《ちゅうぼう》から声があがった。

中から出てきたのは、大きな体をしたおばさん。

「お客さんに向かってなんだい、その態度《たいど》は」

おばさんは渋谷《しぶや》くんの頭をぐりぐりと撫《な》でまわすと、「すまないね〜」とわたしたちににこやかに言った。

「オータの友だち？」

友だち？

さっきの会話がよみがえって、ちょっと悩《なや》んだすきに、

「**友だちじゃない**」

渋谷《しぶや》くんが即座《そくざ》に言うから、うなずけなかったよ！

ショーゴが「は」の形になった口を、苦い顔をしながら閉《と》じる。

「渋谷《しぶや》くんのクラスメイトです」

彩都《あやと》くんがまっすぐに渋谷《しぶや》くんを見つめたまま言う。

「話があって」

おばさんはうなずいた。

「オータ、手伝《てつだ》いはいいから、ちょっと裏《うら》で話してきな」

みんなで店の裏《うら》に回る。そこは日陰《ひかげ》になっていて、少しだけひんやりとした空気が流れていた。

「なんなんだよ、マジで。こんなとこまで来て」

イライラした様子の渋谷《しぶや》くんにわたしは言った。

「ご、ゴーヤ、もらってほしくて」

「いらねえって、言ったろ」

渋谷《しぶや》くんは苦々《にがにが》しい顔。

「でも……」

渋谷《しぶや》くん、最初《さいしょ》はもらってくれるって言った。だから本当はほしいんだよね？

そう思っていると、渋谷《しぶや》くんはうっとうしそうにため息をついた。

「おれが困《こま》ってるから、めぐんでくれるって？　確《たし》かにおれんとこは貧乏《びんぼう》だけど……**あわれまれるのはまっぴらなんだよ！**」

めぐんで？

そんなこと、考えてないよ!?

「バカにしてんだろ、おまえらも」

渋谷《しぶや》くんは火がついたように怒《おこ》っていた。

だけど、彩都《あやと》くんはじっと渋谷《しぶや》くんを見つめると、言った。

「僕《ぼく》は、おまえのせいじゃないことでおまえが困《こま》っていても、バカにしたり笑《わら》ったりしない」

まっすぐに放たれた言葉に、渋谷《しぶや》くんの目が丸くなった。

「だから、困《こま》ってることがあったら、話してほしい」

だけどすぐにハッとしたように目をそらす。

「おまえみたいに全部持ってるようなやつに、話してもわかるわけねえし」

「全部?」

「顔もいい、頭もいい、人気《にんき》もあって、金もある……両親がそろってる」

「…………」

「世の中は、不公平《ふこうへい》だよな」

彩都《あやと》くんは言葉を失《うしな》ったように黙《だま》りこむ。すると、

「バカみたいだろ。おれさ、おまえがうらやましいんだよ」

渋谷《しぶや》くんは力なく笑《わら》った。

「おれが持ってないもの、全部持ってるおまえ見てると、イライラしてしょうがなかった」

吐《は》きだすように言う渋谷《しぶや》くんを見ていると、なんだか胸《むね》が苦しくてしょうがなくなった。

だってわたし、わかるもん。

自分が持ってないもの持ってる人、うらやましいよ。

でも。

「渋谷《しぶや》くんだって持ってるよ。渋谷《しぶや》くんにしかないもの。だって渋谷《しぶや》くん、本当はやさしいよ。彩都《あやと》くんのこと、ひとりにならないように助けてあげたんだよね？」

わたしが口をはさむと、渋谷《しぶや》くんが目を見開いた。

「ちょっと、真帆《まほ》――」

彩都《あやと》くんが困惑《こんわく》したように止めようとするけれど、わたしはふりきるようにして言った。

「わたし、キリコちゃんみたいにかわいくないし、やさしくもないし、字もうまくない。

ショーゴみたいに大きくないし、力も強くないし、絵もうまくない。彩都《あやと》くんみたいにかしこくないし、落ちついてないし。不公平《ふこうへい》だって、わたしも思うし!! ほんと自分になにができるんだろうって思うけど!!!」

みんながなにを言うんだって目でわたしを見ている。

でも言わずにはいられなかった。

「わたし、なにもできないけど、それでも、自分だけができることがあるって信《しん》じてるよ!」

一気に言ったわたしは、力尽《つ》きてその場にしゃがみこんだ。

しん、と沈黙《ちんもく》が広がり、わたしは一気にはずかしくなってきた。

う、うわああ……なんか語っちゃったよ!!

で、でも、後悔《こうかい》はしてない!!!

顔をあげると彩都《あやと》くんと目が合う。

その目がすごくやさしく感じられてドキリとすると、

「なにもできなくなんかない……真帆《まほ》のそのまっすぐさは、ここにいるだれにもないし」

彩都《あやと》くんが言う。

「だよな」

「だよねえ」

ショーゴとキリコちゃんがうなずいた。

渋谷《しぶや》くんはポカンとした顔になったあと、

「友情《ゆうじょう》ごっこなんかよそでやれよ」

と吐《は》きすてるように言った。

う……ごっこ。ひどい～!!

しょんぼりしたけど、彩都《あやと》くんは苦笑《にがわら》いをして、ゴーヤの袋《ふくろ》を渋谷《しぶや》くんの手ににぎらせる。

「これ。もらってくれないか。僕《ぼく》を助けると思って」

それ、さっき断《ことわ》られたやつ！

と思ったけど、渋谷《しぶや》くんは袋《ふくろ》をにぎったまま。

ん？　受けとって、くれ、た？？？

「陽子《ようこ》さん！」

渋谷《しぶや》くんは店の裏口《うらぐち》の扉《とびら》を開けておばさんを呼《よ》ぶ。

びっくりしていると、そこからおばさんが顔を出した。あ、**陽子《ようこ》さん**っていうんだ。

「これ使ってあれ作ってよ」

「え？　どうしたんだい、このゴーヤ」

「もらったんだ」

陽子《ようこ》さんはニヤッと笑《わら》うと、まかせときな！　と腕《うで》をまくった。

「おなか空いてるだろう？　あんたたちも食べていきな！」

「えっと……」

わたしは思いだす。

「こども食堂《しょくどう》って、今ごはんが食べられなくって困《こま》ってる子のためのものですよね？」

疑問《ぎもん》を口にすると、みんながギョッとした。

「まほちゃあん……はっきり言いすぎ……」

キリコちゃんが気まずそうに小さくなる。

あ、そうだった。

渋谷《しぶや》くんが、ごはんが食べられなくて困《こま》ってるって言ってるようなものじゃん……。**わたしのバカああ！！！**

陽子《ようこ》さんはガッハッハと豪快《ごうかい》に笑《わら》った。

「ずいぶん遠慮《えんりょ》がない物言いをするねえ。でも、こっちもゴーヤだけ受けとれないからさ！」

陽子《ようこ》さんが言って、わたしたちは顔を見合わせてうなずいた。

だって、おなか空いた～！！！

いい匂《にお》いがしてきて少しして、渋谷《しぶや》くんが料理《りょうり》を運んできた。

それを見て、わたしたちはびっくり！

「これ……」

「**ゴーヤチャンプルー**だ。陽子《ようこ》さんの、あんま苦くないしめちゃくちゃうまいから」

渋谷《しぶや》くんがニヤッと笑《わら》う。

「わあああ！　おいしそう……！」

ふわふわの卵《たまご》と豆腐《とうふ》の中にゴーヤが入ってる感じ。

「いただきます……！」

ショーゴが目を輝《かがや》かせてがっつく。

うわあ、おいしい！

ちょっとだけ苦いけど、そんなに苦くない!!

むしろアクセントになってごはんが進むよおおお!!

「真帆《まほ》ちゃん、苦いの平気なんだ……」

キリコちゃんはちょっと困《こま》った顔。

どうやら食べられないみたい。

「苦手かい？」

陽子《ようこ》さんがたずね、キリコちゃんはちょっと申《もう》し訳《わけ》なさそうにしながらもうなずいた。

「オータ、食べてあげな」

「ほい」

渋谷《しぶや》くんがうなずくと、キリコちゃんの皿からゴーヤをどんどん分けて自分の皿に入れていく。

キリコちゃんは申《もう》し訳《わけ》なさそうに小さくなった。

「な、なんか、ごめん」

「なんで？　好《す》きなやつが食べればいいじゃん」

渋谷《しぶや》くんはそっけなく言って、どんどん食べていく。

うわあああ、頼《たの》もしすぎる食べっぷり！

と思っていると、キリコちゃんは目を丸くして渋谷《しぶや》くんを見つめていた。

あっという間にお皿が空になり、渋谷《しぶや》くんはふと彩都《あやと》くんに目を留《と》めた。

「彩都《あやと》。おまえも苦いの苦手だったよな？」

と笑《わら》う。

え？　そうなの!?

びっくりして彩都《あやと》くんを見ると、彩都《あやと》くんもまだゴーヤチャンプルーにまったく手をつけていなかった。

あ。

も、もしかして……**彩都《あやと》くんも、ゴーヤ、苦手？？？**

彩都《あやと》くんが渋《しぶ》い顔をして渋谷《しぶや》くんをにらむ。

「おまえ昔からピーマン食べられねーもんな」

えええ！？？

びっくりすぎる！！！

と思っていると、渋谷《しぶや》くんがニヤニヤと笑《わら》う。

「彩都《あやと》って案外《あんがい》お子様なんだよ」

どんどん続《つづ》く暴露話《ばくろばなし》に、わたしは耳がダンボです！

うっわあ、意外すぎるけど、新しい彩都《あやと》くん情報《じょうほう》、**うれしすぎる！！！**

「うるさいな」

耳を赤くした彩都《あやと》くんがくやしそうにつぶやくと、渋谷《しぶや》くんが勝ちほこったように言った。

「しょうがねーから、おれが食ってやるよ」

「………頼《たの》む」

彩都《あやと》くんが皿を差《さ》しだすと、渋谷《しぶや》くんがニヤニヤしながらゴーヤをつまんだ。

「お子様彩都《あやと》くんのゴーヤ、いただき～!!　渋谷《しぶや》くんに感謝《かんしゃ》してくださーい!」

「恩着《おんき》せがましいな……ところで、まだゴーヤ、増《ふ》えそうなんだけど、渋谷《しぶや》、もらってくれる?」

「彩都《あやと》が食えよ」

「食えないから言ってんの」

「もらってもいいけど……おれ、寄付《きふ》してねえし、やっぱ、関《かか》わったやつが消費《しょうひ》したほうが文句《もんく》も出ないと思うんだよな――」

「まあ、それは言えてる」

「みんなで食うのは？」

ぽんぽんと続《つづ》く会話にわたしは**ポカン**としてしまう。

なんか、ふたり……すごくいい雰囲気《ふんいき》、じゃない？

昔にもどったっていうか。

わたしは思わずキリコちゃんを見る。

するとキリコちゃんもそう思ったのか、なんだか意外そうに肩《かた》をすくめた。

うん！　なんかいい感じだよね！

渋谷《しぶや》くんの印象《いんしょう》、かなりよくなっちゃったよ……！

そのあと、わたしたちは、ゴーヤチャンプルーを囲《かこ》んで話をしたんだけど、なにげなく渋谷《しぶや》くんが出してくれたアイディアがすごくよくって！

実際《じっさい》にやってみることになったんだ。

「ごちそうさまでした！　じゃあ、今度の土曜日、よろしくお願《ねが》いします！」

あいさつをして店を出ると、陽子《ようこ》さんがうなずいた。

「まかせときな〜」

「渋谷《しぶや》くんは帰らないの？」

「おれ、皿洗《さらあら》い手伝《てつだ》ってから帰る」

渋谷《しぶや》くんはお店に残《のこ》り、いつもの４人組で帰ることになる。

お手伝《てつだ》い、えらいなあ。

渋谷《しぶや》くんって、働《はたら》き者《もの》！

そんなことを考えたわたしは、ふとひらめいて立ちどまる。

「あ、そうだ！」

いいこと考えちゃった！！！

「渋谷《しぶや》くんも、『未来守《みらいまも》り隊《たい》』に入ってもらったらいいんじゃないかな⁉　さっきのアイディアも渋谷《しぶや》くんが出してくれたものだし！」

わ、わたし、天才じゃない⁉

わたしが勢《いきお》いでそう言うと、みんながギョッとした顔になった。

彩都《あやと》くんを見ると、驚《おどろ》いているけれど反対って感じじゃない。

「僕《ぼく》は、いいけど……あいつが入るって言うかな」

キリコちゃんを見ると、ちょっととまどった顔だった。

最後《さいご》にショーゴを見ると……不満《ふまん》そうに言った。

「おれ的《てき》にはナシ」

うっわあ、バッサリ！

「あいつがやったこと、おれはゆるしてないし」

「うーん……」

言われてみれば確《たし》かに……。

ポイ捨《す》てするし、水やり当番はサボるし、なにより活動をバカにするし、いろいろあったなって思いだすと、わたしの眉間《みけん》にもシワがよってくる。

うん、でも。

それでも、わたしは入ってほしいなって思った。

「おれはおまえみたいに寛容《かんよう》じゃねえの」

「カンヨー？」

わたしが首をかしげると、キリコちゃんが苦笑《にがわら》いをしながらフォローしてくれる。

「ショーゴは真帆《まほ》ちゃんがやさしいって。たしかに、わたしも、あれだけのことされて、ゆるしてあげるんだ？　ってびっくりした」

おお、ほめられた！　雨が降《ふ》りそう!!

目を丸くしていると、ショーゴは「ほめてねえし！」といらだった。

でもなあ……。

わたしは考える。

「一度まちがったらゆるされないってのは、キュウクツじゃないかな……」

つぶやくとみんながハッとした顔をした。

わたしはたくさん失敗《しっぱい》するけど、それでもみんな、ゆるしてくれる。だから、わたしも人の失敗《しっぱい》を責《せ》めたくない。責《せ》めて責《せ》められて、とか、ギスギスしたの、いやだもん。

「それに、活動をすることで、挽回《ばんかい》できるって思う。ほら、環境《かんきょう》に悪いことやっても、いいことで挽回《ばんかい》する、みたいに！　そうして**プラスマイナスをゼロ**にしていけば、いいんじゃないかな……！」

わたしが一生懸命《いっしょうけんめい》考えながらつぶやくと、ショーゴはむう、とうなる。

だけど、「それでも、おれは反対だ。あいつのこと信用《しんよう》できねえ」とつぶやいて、わたしに背《せ》を向けてズンズンと先に帰っていってしまう。

うーん。

困《こま》ったやつ〜〜！

わたしが顔をしかめていると、キリコちゃんが苦笑《にがわら》いをしながら言う。

「ショーゴは、真帆《まほ》ちゃんが心配なんだよ」

「え？」

そうかなあ。

「真帆《まほ》ちゃんが傷《きず》つくんじゃないかって思ってる」

「え、傷《きず》つかないよ？」

「わたしは真帆《まほ》ちゃんがものすごく強いこと知ってるから心配してないけどね……ショーゴはきっと、自分に置《お》きかえちゃうんだろうね」

そう言うとキリコちゃんはショーゴを見て、そして彩都《あやと》くんをちらりと見た。

彩都《あやと》くんは、真剣《しんけん》なまなざしでショーゴの背中《せなか》を見つめている。

それを見たキリコちゃんは、はあ、と小さくため息をついて言う。

「みんな、こじらせてて大変《たいへん》……」

12 カーボンゼロ調理イベント

「あっつい！！！」

「こげちゃうよ！！！」

「はいはい、みんな日陰《ひかげ》に入って〜〜！」

「手があいてる人は、バケツの水まいてね！」

夏休みまっただ中のその日、わたしたちは急遽《きゅうきょ》**お料理《りょうり》イベント**を開催《かいさい》することになっていた。

参加者《さんかしゃ》は20人。場所は学校の中庭で、料理《りょうり》するのは屋上でできたゴーヤ。追加《ついか》で10本もできたんだ。

こども食堂《しょくどう》で話したとき、もらってくれる人を探《さが》すのは大変《たいへん》だから、イベントで消費《しょうひ》してしまうのはどうかなってなったんだ。

渋谷《しぶや》くんもお手伝《てつだ》いとして参加《さんか》すれば、食べることについてぶうぶう文句《もんく》言う人もいないだろうし！

そして、今日は**強力な助っ人**がいるんだよね！

「それにしても大量《たいりょう》だねえ……」

たくさん並《なら》んだゴーヤにこども食堂《しょくどう》のおばさん――**陽子《ようこ》さん**が苦笑《にがわら》いした。

陽子《ようこ》さんは親の代から食堂《しょくどう》をやっていたけれど、子どもたちのためになにかしたいと、こども食堂《しょくどう》を始めたそうだ。

渋谷《しぶや》くんは妹と通っているうちに、お手伝《てつだ》いをするようになったそう。渋谷《しぶや》くんがはずかしがるからとこっそり教えてくれたんだ。

陽子《ようこ》さんの作るお料理《りょうり》は本当においしくって、ゴーヤチャンプルーもあんまり苦くない。作り方、教えてもらってみんなで作ったらって、渋谷《しぶや》くんがアイディアを出してくれたんだ。

それが、このイベント。

みんなでキャンプみたいにして作ったら、いつもよりおいしく感じるんじゃないかって。

確《たし》かにそうだって思った。

外でみんなといっしょに食べるだけで特別感《とくべつかん》があるもんね！

校長先生に相談してみたら、顧問《こもん》としてOK《オーケー》を出してくれたんだ。

ただ屋上でやると日陰《ひかげ》がなくて暑くて危《あぶ》ないからって、中庭でだけどね。

確《たし》かにあっついもん……！

だけど、暑いからこそのイベントでもあったんだ。

使うのはこれ！

ソーラークッカーだった。

屋上の室外機《しつがいき》がめちゃくちゃ熱《あつ》くなってたところからヒントを得《え》た彩都《あやと》くんが、作り方を調べてくれてたんだ。

段《だん》ボールにアルミホイルを貼《は》ったものをゆるやかにカーブさせて、光が集まるようにしてある。

こうすると**太陽の光をまんなかに集めることができる**んだって。そして光を集めた先に小さなフライパンを置《お》くと熱《あつ》くなって、料理《りょうり》ができるってわけ！

渋谷《しぶや》くんが下ゆでしてきたゴーヤを刻《きざ》んでいる。

下ゆでするのが、苦味を抑《おさ》えるコツなんだって。

朝から3台のソーラークッカーに小さめの黒いフライパンをセットして、熱々《あつあつ》になったところで調理開始だ！

火力が足りないぶんはガスコンロで補《おぎな》って、できあがったゴーヤチャンプルーは大好評《だいこうひょう》！

だけど、やっぱりキリコちゃんは食べられないみたいで、ゴーヤとにらめっこ中だった。

ああ、ムリなものはムリだよねえ。

と思っていたら。

「みんなでがんばったんだもんね……」

キリコちゃんは、小さくつぶやく。

そしてふうっと大きく深呼吸《しんこきゅう》をしたあと、ゴーヤの切《き》れ端《はし》をひとつ、おはしでつまむと口に入れた。

えええつ!??

キリコちゃんが、嫌《きら》いなもの、食べた！？！？

びっくりして固《かた》まっていると、キリコちゃんはものすごく顔をしかめたままゴーヤを飲みこむ。

うわあああ！　飲みこんだ！

すごい!!

わたしは思わずバンザイをしてしまう。

でも直後、キリコちゃんは水筒《すいとう》の水をごくごくと飲んだあとうなった。

「うううううう……やっぱ、ダメみたい……」

キリコちゃんは肩《かた》を落として、手元のゴーヤチャンプルーを見つめる。

「ごめん、やっぱ限界《げんかい》」

うん。うん！　**キリコちゃん、がんばった!!!**

でも、残《のこ》ったの、どうしよう……。

わたしもおかわりもらって、もうおなかいっぱいだし。

彩都《あやと》くんを見ると、彩都《あやと》くんは自分のぶんで精一杯《せいいっぱい》みたいだし。

ショーゴを見ると、

「おれ、もう3杯《ばい》おかわりして限界《げんかい》」

と困《こま》った顔をされた。

どうしよう、食品ロスを防《ふせ》ぐイベントなのに食品ロスになっちゃう……！

とあせっていると、

「おれ、残《のこ》り、もらっていい？」

渋谷《しぶや》くんがやってきてキリコちゃんに手を差《さ》しだす。

キリコちゃんはちょっと申《もう》し訳《わけ》なさそうに、渋谷《しぶや》くんにお皿を渡《わた》した。

「このあいだから……ありがと」

キリコちゃんが小さい声でお礼を言うと、渋谷《しぶや》くんはちょっと迷《まよ》ったように言った。

「あのさ……」

「え？」

「給食《きゅうしょく》、食えなかったらおれんとこ持ってこいよ」

「え？」

「いつも昼休み残《のこ》ってんだろ？　おれ、高輪先生《たかなわせんせい》のあれ、不毛《ふもう》だって思ってて。おれが代

わりに食ってやるから」

渋谷《しぶや》くんはちょっと照《て》れくさそうに笑《わら》う。

「おれ、先生に怒《おこ》られんの慣《な》れてるし。それに、なんたって、いつも腹減《はらへ》ってるからさ」

そう言うと渋谷《しぶや》くんはあっという間にゴーヤチャンプルーを平らげて、片《かた》づけに向かう。

ええええ……！

な、なんかめっちゃかっこよくなかった……？？

同意を求《もと》めてキリコちゃんを見ると、キリコちゃんはびっくりした顔で固《かた》まっている。

そして、小さくつぶやいた。

「わたし、賛成《さんせい》だよ」

賛成《さんせい》？

「このあいだの入隊《にゅうたい》の件《けん》」

ってあああ！

未来守り隊《みらいまもりたい》にさそっていいってこと!?

ショーゴを見ると、なんだかフクザツそうにため息をついた。

「……まあ、おまえらがいいなら……しょーがねえか……」

13 地《ち》産《さん》地《ち》消《しょう》で

ゴーヤチャンプルーのイベントは大盛況《だいせいきょう》で大成功《だいせいこう》！

おなかも気持ちも大満足《だいまんぞく》なわたしたちは、イベントが終わったあと、屋上に向かった。

未来守り隊《みらいまもりたい》の活動に興味《きょうみ》を持ってくれた子に、屋上を見せてあげようって思って。

ついてきたのはクラスメイト数名と、他のクラスの子も数人と、大人もいて、その中には渋谷《しぶや》くんと陽子《ようこ》さんもいた。

えええ、ついてきてくれるってことは、もしかして、**入隊《にゅうたい》、脈《みゃく》アリじゃない!?**

とわたしはウキウキしてたんだけど……。

屋上に行くなり目に入ったものに、わたしはため息をつく。

うわあ、夕焼《ゆうや》け！　きれい～!!

こんな時間に屋上に来ることもないからはじめて見たよ!!　こんなにきれいに見えるんだ!!

と感動したのも束《つか》の間《ま》だった。

ゴーヤの葉っぱに**小さい黄色い花！**

「ああ……花、まだ咲《さ》いてるよ？」

「ってことは、これからまた穫《と》れるな」

彩都《あやと》くんが困《こま》った顔になった。

もうゴーヤはこりごりという顔だった。ほ、ほんとに苦手なんだなぁ……！

ちょっとかわいい……と思ってたら、にらまれた。**ひえっ！**

でも、うん、さすがにわたしも飽《あ》きてきた！　ゴーヤのレシピ、そんなにないんだもん!!

「来年はもうちょっと考えて植えないとな……」

「そんなに必死《ひっし》にやらないとダメなのか？」

渋谷《しぶや》くんがふしぎそうにたずねた。

時計とかタイムリミットのことは当然《とうぜん》知らないから、こんなに悩《なや》んでいるのがふしぎみたいだった。

だよねえ。

悩《なや》んでいると、渋谷《しぶや》くんが「つまりおまえらはゴーヤいらねえんだな？」と確認《かくにん》する。

わたしたちがゲンナリした顔でうなずくと、

「陽子《ようこ》さ〜ん」

渋谷《しぶや》くんが声をあげ、陽子《ようこ》さんがふりむいた。

「またゴーヤくれるって！」

「ほんとかい？　ありがたいよ!!」

ん？

わたしたちは顔を見合わせた。

「あ……そっか！」

彩都《あやと》くんが手を打った。

「食堂《しょくどう》で食べてもらえば、食品ロスにならない!?」

キリコちゃんの言葉に、わたしは思わず**バンザイ**だ！

「しかも、食べられない子が食べられる！」

すごい、今の今まで思いつかなかった！！！

「あまってるものは、**必要《ひつよう》なところに持っていけばいい**んだよ。それで助かるやつ、たくさんいる。これからなにかあまったら、持ってこいよ」

渋谷《しぶや》くんが言う。

その〝助かるやつ〟に渋谷《しぶや》くんがふくまれているのはわたしにもわかった。

「秋にはお芋《いも》がたくさん取れる予定だよ！」

わたしは思わず言って、キリコちゃんがうなずく。

「さすがに芋《いも》は入隊《にゅうたい》しねえとやらねえ！」

ショーゴはいじわるを言ったけど。

それって**勧誘《かんゆう》**だよね！

って、思ったら笑《わら》っちゃった。

渋谷《しぶや》くんもわかったのか笑《わら》った。

「じゃあ、入るしかねえな～！　って、おれ、役に立てるかわかんねえけどさ」

うわああ、やったあ!!

わたしがバンザイする隣《となり》で、彩都《あやと》くんが渋谷《しぶや》くんの肩《かた》に手を回した。

「おまえさ、困《こま》ってることあったら、ちゃんと言えよ」

とささやくと、渋谷《しぶや》くんはひひひと笑《わら》う。

「そんなこと言ってると、おれ、マジで頼《たよ》るぞ」

とおどけた顔で言ったあと、一瞬《いっしゅん》だけ泣《な》きそうな顔になった。

そして、

「今んとこなんとかやってるから、本当に困《こま》ったときだけ相談する」

とうなずいたんだ。

14 透《す》けていたのは

彩都《あやと》くんと渋谷《しぶや》くんの会話に、ちょっとうるっときてしまった！

ああ、ほんとによかった！

物陰《ものかげ》にかくれてゴシゴシと顔をぬぐっていたわたしは、彩都《あやと》くんたちを見やって目を見開いた。

あれっ？

ずっと透《す》けていた彩都《あやと》くんの足先が、透《す》けていない。

ど、どういうこと？

って、今やったことって、食品ロスの解消《かいしょう》だよね。

でも、イベントが成功《せいこう》したあとも、陽子《ようこ》さんにゴーヤを渡《わた》したときにも、まだ足は透《す》けてたと思う。

なんで？

そのあとにあったことって言えば……。

渋谷《しぶや》くんが、未来守り隊《みらいまもりたい》の仲間《なかま》になったこと？

でもキリコちゃんとショーゴが仲間《なかま》になったとき、特《とく》に変化《へんか》はなかったような気がする
う、うーん？？？

……けど、あのときってそもそも透《す》けてなかったんだっけ？

ハッと思いだし、腕時計《うでどけい》を見る。

でも、災害発生時刻《さいがいはっせいじこく》は14:30。目標値《もくひょうち》どころか、前回の目標値《もくひょうち》にも届《とど》いていない状態《じょうたい》。

イベントが始まる前は14:25くらいだったから、効果《こうか》がないわけじゃないけど……。

がっかりだし、どういうこと!?

大混乱《だいこんらん》していると、彩都《あやと》くんがふしぎそうにやってきた。そして、

「真帆《まほ》、足――」

彩都《あやと》くんがわたしの足を見て驚《おどろ》く。

「そうなんだよ！　でも、残《のこ》り時間はそんなに増《ふ》えてない！」

と今までに浮《う》かんだ疑問《ぎもん》を話すと、彩都《あやと》くんも考えこんだ。

「数値《すうち》が変《か》わらないのは、たぶん、このあいだ言ったみたいに暑いからだと思う。いろいろ記録《きろく》をつけてたけど、夏になってから、残《のこ》り時間の減《へ》り方が激《はげ》しいし」

記録《きろく》ってなんだろ。

彩都《あやと》くんはポケットからメモを取りだした。

「これ、条件《じょうけん》を割《わ》りだすために、まとめてたんだ」

見ると、時計の数値《すうち》やできごとが表になっている。

最初《さいしょ》のほうには時計の数値《すうち》がない。よく見ると日付《ひづけ》はけっこう前で、2月のことだった。

日付《ひづけ》の隣《となり》には場所という欄《らん》があり、**初戀川公園**《はっこいがわこうえん》と書いてある。

あ、このまえ、この表を使って、夢《ゆめ》をみる条件《じょうけん》に場所が足りないって割《わ》りだしたのかな？

うわああ、すごすぎない!?

隣《となり》には夢《ゆめ》の内容《ないよう》みたいなのが書いてあって、わたしは思わず続《つづ》きを読もうとする。

だけど彩都《あやと》くんはすぐにページをめくる。あっ、見えなかった！

「時計の数値《すうち》の増減《ぞうげん》についていては、わかりやすいといえばわかりやすい。行動で増減《ぞうげん》してたから。でも、透《す》ける条件《じょうけん》はわかりにくくて」

次は透《す》けたときのことが表になっていた。

ううう、天才すぎる！

「まず最初《さいしょ》に透《す》けたのは、4月15日。ペットボトルを川に落としてしまったとき。次に、エアコンの設定温度《せっていおんど》を下げてしまったとき。それから、階段《かいだん》で熱中症《ねっちゅうしょう》っぽくなったとき、ゲリラ豪雨《ごうう》にあったとき、水やりの当番でもめたとき」

ふむふむ……と聞きながら、あれ？　なにか足りないような？　と思う。

でも考えている間に彩都《あやと》くんは読みあげを続《つづ》けた。

「で、透《す》けるのがもどったのは、ええと……落としたペットボトルを拾ったあと。海でゴミを拾ったあと。それから――」

とそこで、彩都《あやと》くんは急に赤くなってパッとメモを閉《と》じる。

えええ、なに⁉

また見えなかった！

「……と、芋《いも》を植えたあと。そして、今さっき、渋谷《しぶや》が入隊《にゅうたい》してくれたあと」

のぞきこもうとすると、彩都《あやと》くんはメモを後ろにかくし、咳《せき》ばらいをする。

「わかりやすいのは、ペットボトルのとき」

えー、なんか今の、気になる！

気になってメモをじっと見ていたけれど、彩都《あやと》くんは見せてくれない。

うーん？　なんだろ？

と首をかしげて考えていると、彩都《あやと》くんはかたい表情《ひょうじょう》のまま話をどんどん進めた。

「あれは、ペットボトルを拾ったあとにすぐ元にもどった。つまりペットボトルを捨《す》てたことに透《す》ける原因《げんいん》があったと考えられる」

うん。たしかに。

「じゃあ、次のエアコンはどうかっていうと、

あれって、僕《ぼく》たちがエアコンの設定温度《せっていおんど》を変《か》えたわけじゃないよね？」

あー、たしか、いじったのは渋谷《しぶや》くんだ。

「なのに透《す》けたってことは問題行動を起こしたのが自分じゃなくても透《す》けるってことになるの……？」

わたしは青くなる。だってそれってめっちゃ大変《たいへん》じゃん！

だけど彩都《あやと》くんは首を横にふった。

「それだったら、あらゆる人の問題行動を止めなければならないってことになるけど、だとしたらすでにもう頭まで透《す》けててもおかしくない気がするから、ちがうような……わからない」

彩都《あやと》くんはハッと小さく息をつくと、「ひとまずこれは置《お》いておいて……」と続《つづ》けた。

「次に、熱中症《ねっちゅうしょう》になりかけたときのことなんだけど……僕《ぼく》は、あのとき、あきらめかけてた。温暖化《おんだんか》を防《ふせ》ぐなんて無理《むり》だし、ひとりでやってもムダだしって」

そういえば言ってた。無理《むり》って。ムダって。

それから……。

ふと思いだした。

彩都《あやと》くん言ってた。

『最初《さいしょ》からちがう未来《みらい》を選《えら》ぶ』って。

あれって、どういうことだろう？

「次、は、ゲリラ豪雨《ごうう》だけど……」

彩都《あやと》くんはふと考えこんだ。

「そうだ。僕《ぼく》、あのときもこんな圧倒的《あっとうてき》な力を持った自然《しぜん》を、人の力で変《か》えるなんて無理《むり》だって思ったんだ」

「無理《むり》……ムダ？」

そのふたつの言葉がすごく気になった。

彩都《あやと》くんはわたしを見てうなずく。

「そのふたつの状況《じょうきょう》は似《に》てる。僕《ぼく》に限《かぎ》って言えば、活動をあきらめたくなってたんだ。

……でも、それじゃダメだって思って——がんばろうって思えたあと……透《す》けるのがもどった」

「そう、なんだ」

たしかにわたしもあのゲリラ豪雨《ごうう》のときは、彩都《あやと》くんが消えたらどうしようって、こわくてしょうがなくって。

でも、彩都《あやと》くんにぎゅってしてもらったら、こわいのを忘《わす》れて……。

と思いだしてると、彩都《あやと》くんがぎろりとこっちをにらんで「真帆《まほ》、黙《だま》って」と言った。

ああ、ダダ漏《も》れてた。

ううう、ごめんなさい。

だけどすぐ、彩都《あやと》くんはハッとした顔になる。

「つまり……もしかして……気持ちの問題なのかな。僕《ぼく》の気持ちが後ろ向きになったから」

気持ちの問題？

それがどうして関係《かんけい》あるんだろう……。

首をかしげていると、彩都《あやと》くんはひとりで考えこむ。

「でも――それだと、最初《さいしょ》にペットボトルを落として透《す》けたときと、設定温度《せっていおんど》を変《か》えたとき、それから渋谷《しぶや》を仲間《なかま》にしたときの意味がわからないんだよな」

お手上げだという感じで彩都《あやと》くんは空を見上げた。

うーん、わたしもわかんないっ!!

そう思いつつもペットボトルのときのことを思いだす。

動揺《どうよう》してたからあんまり覚《おぼ》えてないんだけどなあ。

落として。透《す》けて。びっくりして拾って。透《す》けるのがもどった。

簡単《かんたん》に言えばそういう流れだけど……って考えていると、彩都《あやと》くんがつぶやいた。

「あれが、気持ちとどう関《かか》わる？」

気持ち？

そういえば。

わたし、あのとき、しょうがないよね取れないし。って思わなかった？

もし透《す》けなかったら、落としたペットボトルをそのまま放置《ほうち》したんじゃやなかった？

ぎくりとする。

「そういえば。ペットボトルを落としたとき……僕《ぼく》は、見て見ぬふりをしようと、した」

彩都《あやと》くんがふとつぶやいた。

わたしはハッとする。

もしかして、そういう悪いことをしようとした『**気持ち**』が関係《かんけい》してる？

反省《はんせい》して拾ったから、透《す》けるのが治《なお》ったとか？

彩都《あやと》くんはうなずいて続《つづ》けた。

「キャンプのとき、ゴミを放置《ほうち》してた人たちがいたよね」

思いだしたわたしは、思わず顔をしかめた。

うん、いた！

「ペットボトルをポイ捨《す》てするのは、そもそも**意識《いしき》が低《ひく》くてモラルのない人間**だ。……僕《ぼく》と真帆《まほ》はそれと同じことをしようとした」

モラルってなんだろと思いながらも、ふと思いだす。

「あ、そういえば。あの人たちに文句《もんく》を言ったときにね、一瞬《いっしゅん》足がひざのあたりまで透《す》けたような気がしたんだよね……」

まあ、もどったから見まちがいだと思うけど。

とつけ加《くわ》えたけど、彩都《あやと》くんはハッとした顔になる。

「『文句《もんく》を言う』……そっか」

彩都《あやと》くんのまなざしが、だんだん凛《りん》と澄《す》んでくる。

「エアコンの設定《せってい》温度を『適正《てきせい》に』変《か》える。『意識《いしき》の低《ひく》い』人に文句《もんく》を言う。それに対して――渋谷《しぶや》を仲間《なかま》にする。もしかして、それ、全部つながってる……のかも」

つながってる？　どういうこと？

「『適正《てきせい》に』も『意識《いしき》の低《ひく》い』も、どちらも僕《ぼく》たちの**主観**《しゅかん》なんだよな。つまり、相手にとっては**一方的**《いっぽうてき》**な押**《お》**しつけ**だ」

彩都《あやと》くんは独《ひと》り言《ごと》のようにつぶやきつづける。どうやらわたしの意見、求《もと》めてるわけじゃなさそう。

わーん！　役に立ちたいけど、脳《のう》みそレベルがちがってついていけない！

「……だとすると、やっぱり地球温暖化《ちきゅうおんだんか》に対する**心構**《こころがま》**え**？　わかりそうでわからないな。

……もうちょっとヒントがあれば……」

そこまで言うと彩都《あやと》くんは、アゴに手を当てて考えこんだ。

わたしもわからないなりに、彩都《あやと》くんを真似《まね》してアゴに手を当ててると、**うーん**とうなった。

ほら……同じ格好《かっこう》したら、いいひらめきがあるかもしれないし？

うーんと、一方的《いっぽうてき》？　押《お》しつけ？　とか言ってたよね。

わたしはふと思いだした。

そういえば、前に中庭で**北風と太陽の話**、校長先生がしてたなって。

一方的《いっぽうてき》に押《お》しつけるだけじゃダメだって。

わたしたちが目指すのは、太陽だって。

と、そのとき。

彩都《あやと》くんがわたしの手首を見てハッとした。

「……そうだ。もうひとりの腕時計《うでどけい》をしてる人……」

「え？」

なんのこと？　と首をかしげると、彩都《あやと》くんはちょっともどかしそうに口を開いた。

「このあいだ……校長先生と話をしたとき、見えたんだ。先生が僕《ぼく》たちと同じ時計をしているのを」

え、校長先生が？

ちょうど校長先生のことを考えてたので、びっくりする。

そういえば。

わたしはまだ頭に残《のこ》っていた校長先生の姿《すがた》を探《さぐ》った。

中庭でお話ししたとき、校長先生、同じような時計をしてたような気がする！

「わたしも見たことある！　え、あれ、同じ時計なの？」

びっくりすぎる！

え、じゃあ先生って、**実はなにか知ってるってこと!?**

「話を聞く限《かぎ》り、たぶんそう。でも、なにも教えてもらえなかった……っていうか、聞き取れなかったっていうか」

ええ～！　なあんだ……。

がっかりしかけたわたしに、彩都《あやと》くんはニヤッと笑《わら》う。

わ、わあ、彩都《あやと》くんこんな顔もするんだ!?　貴重《きちょう》すぎない！？？？

思わず目に焼《や》きつけようとするわたしに、彩都《あやと》くんは言った。

「でもさ。海《うみ》さんもこんな形の時計、してなかった？」

そ、そうだよ！

海《うみ》さん、同じような時計してた‼

それに、なにかかくしてる感じだった！

「話、聞きにいってみよう。なにかわかるかもしれない」

わたしたちは顔を見合わせてうなずきあったんだ。

あとがき

こんにちは、やまもとふみです。『初恋《はつこい》タイムリミット』3巻《かん》を読んでくれてありがとう！　楽しんでもらえたでしょうか？

今回も、真帆《まほ》と彩都《あやと》は温暖化防止《おんだんかぼうし》チャレンジをがんばりましたが、酷暑《こくしょ》を跳《は》ね返《かえ》すほどの行動って、なかなかむずかしいですね……！

今年の夏の暑さは例年より厳《きび》しい、というニュースを見ました。今まさにその暑さを体感していて、ますます真帆《まほ》たちといっしょにがんばらねばと気持ちを引きしめています（このあとがきを書いているのは7月です）。

そんななか、「未来守り隊《みらいまもりたい》」のキミノマチ支部《しぶ》への参加《さんか》、および活動報告《かつどうほうこく》、ありがとうございます！　みなさんの活動内容《かつどうないよう》、本当にいろんな工夫《くふう》があって興味津々《きょうみしんしん》でした。実践《じっせん》できそうなアイディアがたくさんでうれしいです。真帆《まほ》たちも、同志《どうし》がたくさんで大喜《おおよろこ》びしています！　巻末《かんまつ》に載《の》っていますので、みなさんもぜひチャレンジしてみてくださいね！　そしてこの暑さ、みんなでなんとかしちゃいましょう！

ちなみに私《わたし》が行った温暖化防止《おんだんかぼうし》チャレンジですが、水筒持参《すいとうじさん》、打ち水に加《くわ》えて、2巻《かん》でやったさつまいもでのベランダ緑化《りょっか》と、3巻《かん》で出てきたグリーンカーテンをやりました。2巻《かん》のあとがきでもゴーヤの話をちらっとしましたが、そのゴーヤを植えてます！　そして、今まさに実がなっております！　ちょっと苦手なゴーヤですが、食品ロスにならないよう、工夫《くふう》して食べてみようと思っています。またなにかいいアイディアがありましたら、お手紙やHP《ホームページ》のコメントで教えてくださいね！

それから、みなさま、那流《なる》先生の表紙イラスト、美《うつく》しすぎませんか！　活動中の未来守《みらいまも》り隊《たい》のソデイラストも楽しげで、ここに混《ま》じりたい〜！　と思ってしまいます。いつも最高《さいこう》のイラストをありがとうございます!!

担当編集《たんとうへんしゅう》の磯部《いそべ》さま！　毎回的確《てきかく》なご助言をありがとうございます〜！　おかげさまで今回もおもしろい話になりました！　今後ともどうぞよろしくお願《ねが》いします！

最後《さいご》に宣伝《せんでん》をさせてください！　7月に角川《かどかわ》つばさ文庫《ぶんこ》さんから『理花《りか》のおかしな実験《じっけん》室《しつ》』の12巻《かん》が発売されています！　科学でお菓子《かし》作《づく》りの謎《なぞ》を解《と》きあかすお話です。こちら、いよいよクライマックスで、大変《たいへん》盛《も》りあがっていますので、ぜひ読んでみてくださいね！

それではみなさま、くれぐれも熱中症《ねっちゅうしょう》に気をつけてお過《す》ごしください！

またお話の続《つづ》きでお会いできますように！

やまもと　ふみ

ソーラークッカーで ゆで卵《たまご》を作ってみよう！

用意するもの 中くらい以上《いじょう》の段《だん》ボール箱／アルミホイル／ラップ／ダブルクリップ／トマト缶《かん》など口が大きくあいた缶《かん》

〈必要《ひつよう》な文房具《ぶんぼうぐ》〉 黒いビニールテープかポスターカラーペン／カッター／定規《じょうぎ》／ガムテープ／両面テープ

作り方

❶よく洗《あら》った缶《かん》の外側《そとがわ》にビニールテープを巻《ま》くか、ペンで黒く塗《ぬ》りつぶす。

❷段《だん》ボールで、**縦横《たてよこ》70cm**の板を作る。大きさが足りない場合はガムテープを使って継《つ》ぎたす。断面《だんめん》の ∨∨∨∨∨∨∨ が**上下にくるように**置《お》き、カッターで下記のように切る。

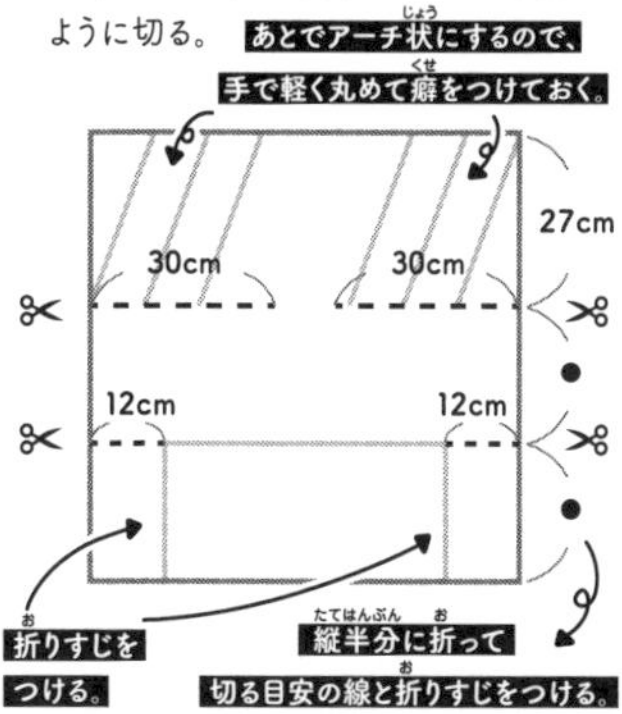

❸段《だん》ボールの片面《かためん》に両面テープを**格子状《こうしじょう》**に貼《は》り、アルミホイルを貼《は》りつける。はみ出たアルミホイルは裏面《うらめん》に折《お》り返《かえ》す。

❹段《だん》ボールの切《き》れ込《こ》みに沿って、**裏面《うらめん》から**アルミホイルにも切《き》れ込《こ》みを入れる。

❺図のように組み立て、ダブルクリップで留《と》める。

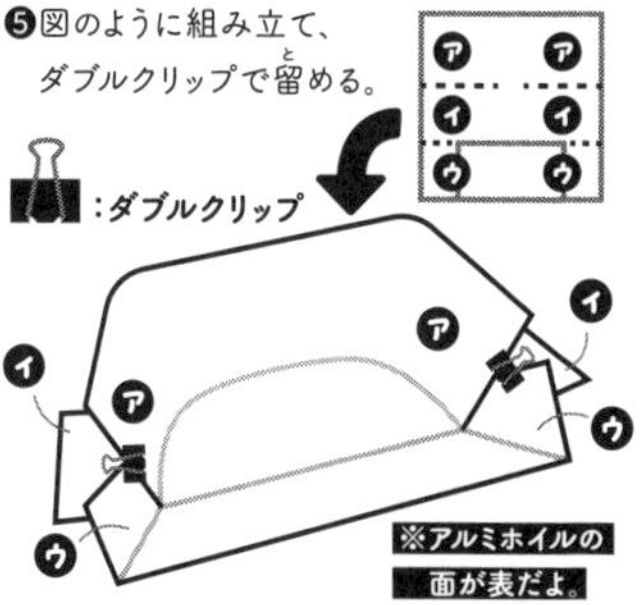

❻**日当たりのよいところ**にソーラークッカーを置《お》き、水と卵《たまご》を入れてラップをかけた缶《かん》をまんなかに置《お》く。

※時間が経《た》つと太陽の位置《いち》が変わるので、光が当たるように調整してね。
※天候《てんこう》によっては温泉卵《おんせんたまご》になることもあるよ。
温度計でお湯の温度を測《はか》ってみてもいいね！

注意すること

・まわりに燃《も》えやすいものを置《お》かないようにしよう！
・太陽や反射《はんしゃ》する光を直接《ちょくせつ》見て、目を傷《いた》めないように注意してね。
・ソーラークッカーや缶《かん》に触《さわ》る際《さい》にはミトンをつけて、やけどに気をつけよう！
・カッターで手を切らないように気をつけてね。

未来《みらい》守《まも》り隊《たい》 キミノマチ支部《しぶ》からの活《かつ》動《どう》報《ほう》告《こく》！

2024年6月に「未来《みらい》守《まも》り隊《たい》 キミノマチ支部《しぶ》」のメンバーを募集《ぼしゅう》したよ！
ここではメンバーから届《とど》いた活動報告《かつどうほうこく》を紹介《しょうかい》していくね！
※学年は応募時《おうぼじ》の学年です。

みんな、ありがと～～！

no.01 愛さん（小6）

小さくなった鉛筆《えんぴつ》も、鉛筆《えんぴつ》補助軸《ほじょじく》をつかって、**使えなくなるまで使った。**

no.02 みかんさん（中1）

親戚《しんせき》の子に、もう自分が**着なくなった洋服をあげたり、**もう**遊ばなくなったおもちゃをあげたりしています。**

no.03 えいぽんさん（小6）

友達と一緒《いっしょ》に、フリマで自分達《じぶんたち》の中で**要《い》らなくなったものを売って**自分達《じぶんたち》が欲《ほ》しいものをその**フリマ内で買いました！**

ものを長く使うための工夫《くふう》にも、いろいろあるね～！
自分で使うのもアリ、だれかにゆずるのもアリ！

no.04 まゆゆさん（小4）

せんぷうきを**手動式の**せんぷうきにした！

手動式のせんぷうき、
持ち歩けるしベンリだよね！
いいなぁ～！

真帆《まほ》はすぐなくすから、
買ってもらえないだろ。

no.
05

ちさこさん（小6）

卵《たまご》のパックを
再利用《さいりよう》して**オクラを**
育てはじめました！
植物を育てて、**二酸化《にさんか》**
炭素《たんそ》を減《へ》らそー！！って
感じでーすっ！
し・か・も～！ オクラは
育てば食べられる！
まさに一石二鳥《いっせきにちょう》です。

卵《たまご》パックを使って、
苗《なえ》づくりができるんだね～！
すごい！

no.
06

結星月海月さん（小5）

グリーンマーク

FSC®

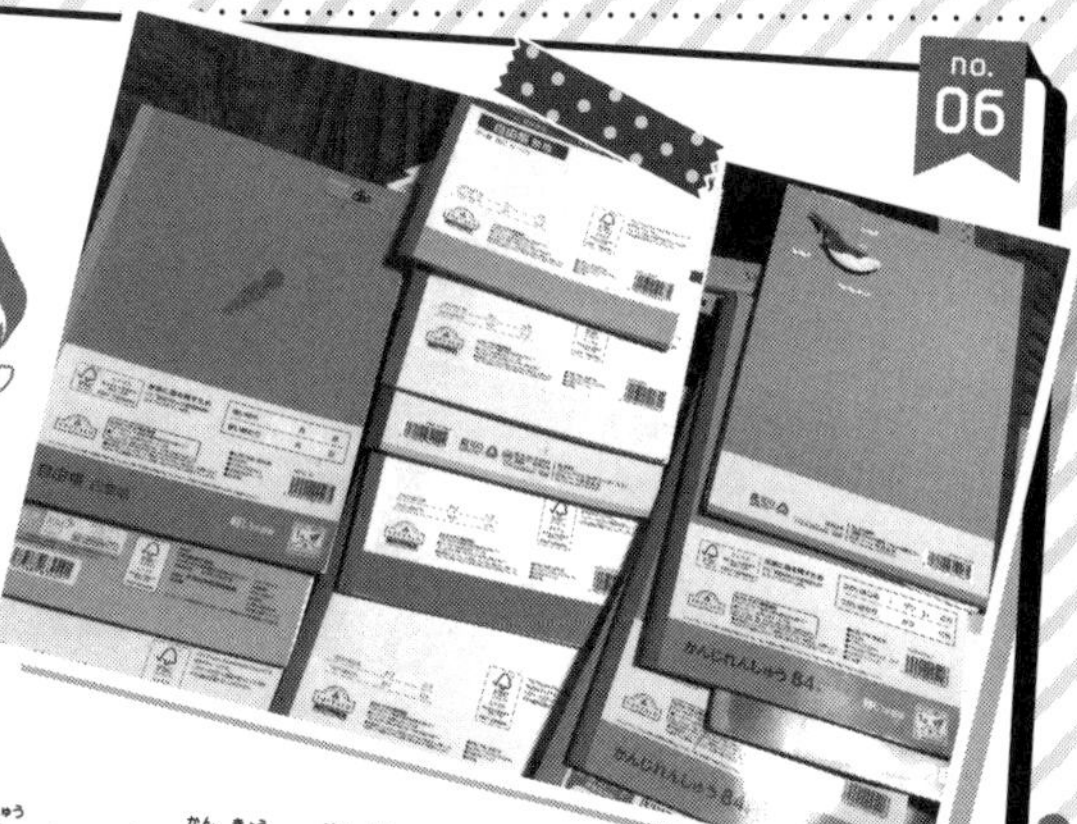

ノートを購入《こうにゅう》する時、環境《かんきょう》に配慮《はいりょ》した**グリーンマーク**や
FSCマークが付《つ》いている物を選《えら》んで買うようにしている。

グリーンマークは、古紙を規定《きてい》の割合《わりあい》以上《いじょう》利用《りよう》して
作られた製品《せいひん》についているよ。

たしかにお皿がきれいだと、洗《あら》うのに必要《ひつよう》な水が少なくなるね！

no.07

アクアマリンさん（小5）

ごはんを食べるとき、洗《あら》うときの**水の節約《せつやく》のためにきれいに食べた。**

no.08

結喜さん（小5）

冷房《れいぼう》を使わずに、**庭に打ち水**をして暑さを防《ふせ》ぎました。

打ち水、早速やってみてくれてうれしい〜！

no.09

はるみさん（中2）

私《わたし》が地球温暖化《ちきゅうおんだんか》を止めるためにしていることは、**ウニを育てていることです！** ウニで地球温暖化《ちきゅうおんだんか》を止めるなんて……と思ったそこのあなた！

現在《げんざい》、ウニの大量発生《たいりょうはっせい》の影響《えいきょう》で、海が「**磯焼《いそや》け**」という状態《じょうたい》になっています。簡単《かんたん》にいうと海藻《かいそう》がなくなり、日本各地の海が砂漠《さばく》になってしまっているのです。しかも大量発生中《たいりょうはっせいちゅう》のウニは、中身がスカスカで売れません。私《わたし》たちは今、そんなウニを回収《かいしゅう》して養殖《ようしょく》し、地元の名産品《めいさんひん》にしようと日々奮闘中《ひびふんとうちゅう》です。ウニの大量発生《たいりょうはっせい》がおさまれば、海藻《かいそう》が増《ふ》え、海藻《かいそう》が二酸化炭素《にさんかたんそ》を大量《たいりょう》に吸収《きゅうしゅう》してくれるんです。

つまり、**ウニを育てることは海を……地球を、救《すく》うかも!?** 真帆《まほ》ちゃんたちとは少し違《ちが》いますが、私《わたし》は地球温暖化《ちきゅうおんだんか》を止めるためにがんばっています！

ウニと温暖化《おんだんか》に、そんなつながりがあったなんて!! 海《うみ》さんの研究《けんきゅう》と、似《に》てるかも!?

no.10

山の中さん（小5）

野菜《やさい》のヘタの
ギリギリのところまで
食べるようにしています。
栄養《えいよう》もあるし、地球温暖化《ちきゅうおんだんか》も
止められて、一石二鳥《いっせきにちょう》だと
思います！

ほんと、一石二鳥《いっせきにちょう》だな！どこかのだれかさんは、じゃがいもの皮をむきすぎてたけど……。

no.11

ピーナッツbookさん（小6）

テレビもこまめに消して、
テレビを見ないときには地球《ちきゅう》
温暖化《おんだんか》についてネットで調べてみた。

情報《じょうほう》を集める
ことも、対策《たいさく》には
マストだよね。

no.12

お茶むすめさん（中1）

グリーン
カーテンで
省《しょう》エネ活動!!

no.13

ことことさん（小6）

地球にも
お財布《さいふ》にも
やさしい水筒《すいとう》！
これを機《き》に、
これからも
続《つづ》けます！

no.14

ことさん（小5）

自分のエコ
バッグで
買い物を
しました！

この他にもゴミ拾い、徒歩《とほ》や自転車移動《じてんしゃいどう》への
切りかえ、アップサイクル、エアコンの使い方の
工夫《くふう》など、本当にたくさんの報告《ほうこく》が集まったよ！
こんなに仲間《なかま》がいるなんて、すっごく心強い！
キミノマチ支部《しぶ》のみんな、ありがとう！

参考文献

『私たちのサステイナビリティ　まもり、つくり、次世代につなげる』
工藤 尚悟／著（岩波書店）
『ソーラークッカーを作ろう　お日様の力を頂いて！』
佐藤 輝／著（パワー社）
『理科をたのしく！　光と音の実験工作3　ソーラークッカーほか』（汐文社）
『食品ロスはなぜ減らないの？』
小林 富雄／著（岩波書店）
『やさしくわかる食品ロス　捨てられる食べ物を減らすために知っておきたいこと』
西岡 真由美・小野崎 理香／著（技術評論社）
『透視絵図鑑なかみのしくみ　家のなか』
こどもくらぶ編集部／著（六耀社）

※この本に掲載している情報は、2024年7月時点のものです。

作／やまもとふみ
福岡県出身、千葉県在住。やぎ座のA型。主な作品に「理花のおかしな実験室」シリーズ（角川つばさ文庫）、「ソレ、迷信ですから〜〜!!!」シリーズ（講談社青い鳥文庫）がある。趣味は街の散策と野球観戦。

絵／那流（なる）
大阪府出身。血液型O型。ゲームのキャラデザイン、挿絵家としても活躍中のイラストレーター。現在、『転生少女はまず一歩からはじめたい』シリーズ（MFブックス）のイラストを担当中。

オジョウサン、アソビマショ　POPLAR KIMINOVEL

ポプラキミノベル（や-01-03）

初恋《はつこい》タイムリミット
ドッキリ！　キャンプでひんやり大作戦《だいさくせん》！

2024年8月　第1刷

作	やまもとふみ
絵	那流
発行者	加藤裕樹
編　集	磯部このみ
発行所	株式会社ポプラ社 〒141-8210　東京都品川区西五反田3-5-8 JR目黒MARCビル12階
ホームページ	www.kiminovel.jp
印刷・製本	中央精版印刷株式会社
ブックデザイン	山田和香＋ベイブリッジ・スタジオ
フォーマットデザイン	next door design

この本は、主な本文書体に、ユニバーサルデザインフォント（フォントワークスUD明朝）を使用しています。

ISBN978-4-591-18298-7　N.D.C.913　198p　18cm

P8051121

ポプラ
ノベル
とけるとゾッとする
こわい算数
1
作／小林丸々《こばやしまるまる》
絵／亜樹新《あきあらた》
リンゴは何個《なんこ》もらえるでしょう？
ページを開くたび心臓《しんぞう》ドキドキ！
算数なのに、スリル満点《まんてん》！
4215
算数×こわい話×ナゾトキをミックスした、今までにないショートストーリー集。コワさのポイントと問題のとき方を、案内役《あんないやく》のフミカちゃんが教えてくれます。算数が苦手でも楽しめちゃう、新感覚《しんかんかく》のナゾトキ算数ホラー！

ポプラキミノベル
裏《うら》遊《ゆう》園《えん》地《ち》からの脱《だっ》出《しゅつ》ゲーム
作／cheeery《チェーリィ》
絵／ぴろ瀬《せ》
4つの結《けつ》末《まつ》がえらべるよ♥
黒《くろ》瀬《せ》 亮《りょう》
クールすぎる、孤《こ》高《こう》の天才。
片《かた》瀬《せ》玲《れ》央《お》
やさしい王《おう》子《じ》様《さま》系《けい》男子。
森《もり》山《やま》朱《あか》莉《り》
藤《ふじ》沼《ぬま》 司《つかさ》
最《さい》恐《きょう》の不《ふ》良《りょう》!?
青《あお》川《かわ》啓《けい》介《すけ》
運《うん》動《どう》神《しん》経《けい》ばつぐんな幼《おさな》なじみ。
ウソでしょ!?
クラスの男の子4人と
遊園地に閉《と》じこめられるなんて！
学校の遠足で、遊《ゆう》園《えん》地《ち》にやってきた朱《あか》莉《り》。でも、着ぐるみのクマから風船をもらったとたん……クラスの男の子4人と一《いっ》緒《しょ》に【裏《うら》遊《ゆう》園《えん》地《ち》】にワープしちゃった！　脱《だっ》出《しゅつ》するには、全《ぜん》員《いん》で3つのキケンな乗り物に乗らなくちゃいけないみたいで!?

半《はん》妖《よう》リサーチ!
Han-yo Research!
秋木《あきぎ》真《しん》／作
灰色《はいいろ》ルト／絵
『怪盗《かいとう》レッド』の秋木真《あきぎしん》、
絶対無敵《ぜったいむてき》の新《しん》シリーズ!

©西修（秋田書店）2017
累《るい》計《けい》20万《まん》部《ぶ》突《とっ》破《ぱ》！
あの大《だい》人《にん》気《き》コミックスが
小説《しょうせつ》になった！
西《にし》修《おさむ》／原作・絵
針《はり》とら・吉岡《よしおか》みつる／文
小説《しょうせつ》
魔入《まい》りました！入間《いるま》くん
MAIRIMASHITA! IRUMA-KUN
悪魔《あくま》の孫《まご》になってしまったお人好《ひとよ》し少年《しょうねん》・入間《いるま》くんの
楽《たの》しくてシゲキ的《てき》な悪魔学校《バビルス》ライフ、はじまるよ～！

歴史《れきし》ゴーストバスターズ
あさばみゆき／作
左近堂絵里《さこんどうえり》／絵
15万《まん》部《ぶ》突《とっ》破《ぱ》!!
歴《れき》史《し》×バトル＋ちょいラブ(!?)＝最《さい》強《きょう》!!
⑦新時代の字消士、大集結!
⑧眠りの御子と雪の字消士

読者のみなさまへ

本を読んでいる間、しばらくほかのことを忘《わす》れて、気分転換《てんかん》ができたり、静かな時間をすごせたなら、それだけで素敵《すてき》なことです。笑ったりハラハラしたり、感動したり、物語を読み進めながら心が動く瞬間《しゅんかん》があったなら、それはみなさんが思っている以上に、ほかには代《か》え難《がた》い、最高の経験《けいけん》だと思います。

あなたは、文章から、あなただけの想像《そうぞう》世界を思い描《えが》くことができたということだからです。

「ポプラキミノベル」は、新型コロナウイルスが世界中に広がり、皆《みな》が今までに経験《けいけん》したことのない危険《きけん》にさらされ、不安な状況《じょうきょう》の最中に創刊《そうかん》しました。その中にいて、私《わたし》たちは、このような時に本当に大切なのは、目の前にいない人のことを想像《そうぞう》できる力、経験《けいけん》したことのないことを思《おも》い描《えが》ける力ではないかと、強く感じています。

本を読むことは、自然にその力を育ててくれます。そして、その力は必ず将来《しょうらい》みなさんをおたがいに助け、心をつなげあい、より良い社会をつくりだす源《みなもと》となるでしょう。いろいろなキミのために、という意味の「キミノベル」には、キミたちの未来のためにという想いも込《こ》めています。

――若者《わかもの》が本を読まない国に未来はないと言います。

キミノベルの前身、二〇〇五年に創刊《そうかん》したポプラポケット文庫の巻末《かんまつ》に掲載《けいさい》されている言葉を、改めてここにも記し、みなさんが心から「読みたい！」と思える魅力的《みりょくてき》な本を刊行《かんこう》していくことをお約束したいと思います。

二〇二一年三月

ポプラキミノベル編集部《へんしゅうぶ》